小学館文庫

勘定侍　柳生真剣勝負〈一〉

召喚

上田秀人

小学館

目次

主な登場人物

◆大坂商人
一夜《かずや》……淡海屋《おうみや》七右衛門《しちえもん》の孫。柳生家の大名取り立てにともない、召し出される。
七右衛門……大坂一といわれる唐物問屋淡海屋の旦那。
佐登《さと》……七右衛門の一人娘にして、一夜の母。一夜が三歳のときに他界。
喜兵衛《きへえ》……淡海屋の大番頭。
幸衛門《こうえもん》……京橋で味噌《みそ》と醬油《しょうゆ》を商う信濃屋《しなのや》の主人。三人小町と呼ばれる三姉妹の父。
永和《とわ》……信濃屋長女。
須乃《すの》……信濃屋次女。
衣津《いつ》……信濃屋末娘。

◆柳生家《やぎゅう》
但馬守宗矩《たじまのかみむねのり》……将軍家剣術指南役。初代惣目付《そうめつけ》としても、辣腕《らつわん》を振るう。
十兵衛三厳《じゅうべえみつよし》……柳生家嫡男《ちゃくなん》。大和国《やまとのくに》柳生の庄に新陰流《しんかげりゅう》の道場を開く。

左門《さもん》……柳生家次男。刑部《ぎょうぶ》少輔《しょうゆう》友矩《とものり》。小姓《こしょう》から徒頭《かちがしら》を経て二千石を賜る。
主膳《しゅぜん》宗冬《むねふゆ》……柳生家三男。十六歳で書院番士となった英才。
武藤《むとう》大作《だいさく》……宗矩の家来にして、一夜の付き人。

◆幕閣

堀田《ほった》加賀守《かがのかみ》正盛《まさもり》……老中。武州《ぶしゅう》川越《かわごえ》三万五千石。
松平《まつだいら》伊豆守《いずのかみ》信綱《のぶつな》……老中。武州忍《おし》三万石。
阿部《あべ》豊後守《ぶんごのかみ》忠秋《ただあき》……老中。下野《しもつけ》壬生《みぶ》二万五千石。松平伊豆守信綱の幼なじみ。
秋山《あきやま》修理亮《しゅりのすけ》正重《まさしげ》……惣目付。老中支配で大名・高家《こうけ》・朝廷を監察する。四千石。
水野《みずの》河内守《かわちのかみ》守信《もりのぶ》……惣目付。五千石。
井上《いのうえ》筑後守《ちくごのかみ》政重《まさしげ》……惣目付。四千石。
望月《もちづき》土佐《とさ》……甲賀組与力組頭。甲賀百人衆をまとめる。
曾根《そね》散三郎《さんざぶろう》……甲賀百人衆。江戸城大手門を警固する。
横川《よこかわ》四郎五郎《しろうごろう》……甲賀百人衆。
山岡《やまおか》達形《たつなり》……甲賀百人衆。

勘定侍　柳生真剣勝負〈一〉　召喚

第一章　奪われる血

一

江戸城黒書院に呼び出された柳生但馬守宗矩《やぎゅうたじまのかみむねのり》は、じっと畳の目を数えていた。すでにこの姿勢になってから煙草《たばこ》を数服吸うほどのときが過ぎている。

「…………」

それでも身じろぎ一つすることなく、柳生但馬守は待ち続けた。

「控え奉れ」

黒書院下段の間上の襖《ふすま》を開けて入ってきた、奏者番堀東市正利重《ほりいちのかみとししげ》が立ったまま命じた。

「ご名代、ご執政堀田加賀守《ほったかがのかみ》さま」

堀東市正の紹介に合わせて、黒書院上段の間の襖が開いて、まだ若い二十八歳の老中が現れた。

「柳生但馬守は、まかりおるか」

目の前で平伏している柳生但馬守が見えているにもかかわらず、堀田加賀守が奏者番堀東市正に問うた。

奏者番は君側の出頭人と呼ばれ、無事に勤めあげれば若年寄、老中へと出世していく。

当然優秀でなければ、選ばれることはない。

「惣目付《そうめつけ》柳生但馬守、それに控えておりまする」

その英才が、柳生但馬守を披露した。

「うむ」

今気づいたとばかりに、堀田加賀守がうなずいた。

「公方《くぼう》さまの思《おぼ》し召しを伝える。頭《ず》が高い」

「ははっ」

すでに額は畳に押しつけられている。これ以上どうやって頭を下げるのかと思いながらも、柳生但馬守が畏《かしこ》まった振りをした。

「柳生但馬守、惣目付の役目に奨励をもって、四千石を加増する。采地《さいち》については後ほど右筆《ゆうひつ》に問え」

堀田加賀守が傲慢に背を反らしながら、告げた。

「かたじけなき仰せ、但馬守、謹みてお受けいたしまする」

平伏したままで柳生但馬守が応じた。

「励め」

柳生但馬守の返答を聞いた堀田加賀守が、言い残して黒書院を出ていった。

「但馬守、なおってよろしかろう」

堀田加賀守の足音が聞こえなくなるのを確認した堀東市正が、柳生但馬守に平伏を止《や》めていいと促した。

「……………」

柳生但馬守が背筋を伸ばした。

「但馬守、ご加恩であるの。めでたい」

「ご祝意ありがたく存じまする」

祝ってくれた堀東市正に柳生但馬守が礼を言った。

「公方さまのご信頼の証《あかし》じゃ。より一層役目に邁進《まいしん》いたさねばならぬぞ」

「ご指導、心に刻みまする」

釘《くぎ》を刺した堀東市正に、柳生但馬守が頭《こうべ》を垂れた。

「では、下がってよい」

「では、これにて御免を」

堀東市正に促された柳生但馬守がもう一度手を突いて、座を立った。

「……ふう」

黒書院を出て少し離れたところで、柳生但馬守が小さくため息を吐《つ》いた。

「さて、どうしたものか」

柳生但馬守が頬をゆがめた。

惣目付は四年前の寛永《かんえい》九年（一六三二）に新設されたもので、柳生但馬守が初代になる。

惣目付は老中支配で、大名、高家《こうけ》、朝廷を監察し、謀叛《むほん》をおこさせないようにするのが役目であり、柳生但馬守の他に秋山修理亮正重《あきやましゆりのすけまさしげ》、水野河内守守信《みずのかわちのかみもりのぶ》、井上筑後守政重《いのうえちくごのかみまさしげ》が任じられた。

大名を取り締まることから大監察とも呼ばれ、旗本としては江戸町奉行、勘定奉行よりも格上、留守居に次ぐ顕職とされた。

「大名を監察する惣目付が、大名になっては都合が悪いわの」

柳生但馬守は首を小さく横に振った。

「もう一度、お呼び出しがあろう」

そして、諦めたように、柳生但馬守が呟《つぶや》いた。

「お戻りか、但馬守どの」

惣目付の控え場所、芙蓉《ふよう》の間に帰った柳生但馬守を秋山修理亮が迎えた。

「昼前のお召しは、慶事が決まりごと。御祝いを申しあげてよろしいのかの」

水野河内守が問うた。

「公方さまより、ご厚恩を賜りましてございまする」

「ご厚恩……ということは加封でござるな」

「但馬守どのは、公方さまの剣術指南も兼ねておられる。公方さまのお覚えもめでたい。さぞや高禄《こうろく》をお加えくださったのであろう」

「千石、いや二千石はいただけましたかの」

答えた柳生但馬守に、他の三人が興味を示した。

「それが、四千石を賜りましてございまする」

「なっ、四千石」

「まことでござるか。それはまた」

「たしか、但馬守どのは六千石でござったはず。そこに四千石を加えていただいたとなると……一万石」

告げた柳生但馬守に、三人が目を剝《む》いた。

「一万石……大名になられた」

「なんともはや」

「ご出世であるな」

三人が顔を見合わせた。

「かたじけのうござる」

一気に声の調子が落ちた三人に、柳生但馬守が軽く頭を下げた。

「しかし、そうなれば……」

「さよう。大監察が大名になってはのう」

「惣目付はお役目柄従五位に列せられ、大名格を与えられているが……大名になってしまっては、お役目に差し障ろう」

三人が難しい顔をした。

「…………」

黙って柳生但馬守が瞑目《めいもく》した。

「なにはともあれ、めでたいことでござる」

「でござるな」

「いや、うらやましい」

口々に祝いながら、三人がさりげなく離れていった。

水野河内守は本禄三千五百石だったのが、惣目付になったことで一千五百石加増されて五千石になった。井上筑後守は惣目付になったときに加増されて四千石、秋山修理亮に至っては、惣目付になったときの加増もなく、四千石のままであった。

柳生但馬守も惣目付になったときには加増されていないが、その二カ月前には三千石を足されて六千石になっている。

四人のなかでもっとも本禄が多いだけでも妬まれる。それがさらに四千石という高禄をもらって、とうとう大名に列した。

大名になれば、上屋敷だけでなく、下屋敷も与えられる。

大坂に豊臣《とよとみ》家を滅ぼして二十年余り、戦のなくなった泰平の世で武士が立身しようとしたら、よほどの功績を残すか、主君に気に入られるかしかない。

四人の惣目付は、誰が優れている劣っているというような差はなく、同じように務めて来ている。そうなれば、柳生但馬守への加増は、三代将軍家光《いえみつ》による贔屓《ひいき》になる。

柳生但馬守は芙蓉の間で浮いた。

「御免下さいませ。但馬守さまはおいででございましょうか」

芙蓉の間の外から声がかかった。

「これにおる」

柳生但馬守が応答した。

「失礼をいたしまする」

襖が開いて、お城坊主が顔を出した。

「但馬守さま、昼八つ（午後二時ごろ）、黒書院までお出《い》でくださいますよう」

お城坊主が柳生但馬守に伝えた。

「承知いたした」

短く柳生但馬守が受けた。

「昼過ぎのお呼び出しは……」

「凶事でござろう」

「朝に大名、昼はなんでござろうな」

離れたところで、お城坊主の用件を聞いていた三人が口を開いた。

「…………」

柳生但馬守は三人を無視して、端座を続けた。

一人で弁当を使った柳生但馬守は、口を漱《すす》ぐとふたたび黒書院へと出向いた。

「控えておれ」

今朝と同じ奏者番堀東市正が、同じ指示を出した。

「堀田加賀守さまである」

朝とまったく変わらぬ遣《や》り取りがおこなわれたが、堀田加賀守の口から出たものは違っていた。

「惣目付の任を解く」

「仰せに従いまする」

堀田加賀守の言葉を、柳生但馬守は受けいれた。いや、受けいれるしかなかった。

「ただし、剣術指南役は従前どおりといたす」

「はっ」

追加の項目に、柳生但馬守がほっとした。

午前中に喜ばせておいて、昼から落とす。幕府にとって、別段珍しい話ではなかった。大名にはしてもらえたが、いきなり罷免、蟄居《ちっきょ》、謹慎となる者もいないわけではない。余分な手間だと思われがちだが、衝撃と失意は大きくなる。好き嫌いの激しい家光は、わざとこれをすることがままあった。

惣目付は罷免されたが、指南役はそのまま。格としては惣目付がはるか上になるが、剣術指南役は将軍に近い。柳生但馬守に家光がなにかしら思うところがあるとすれば、剣術指南役も辞めさせられる。

それがないということは、お咎《とが》めではない。

「……ご苦労であった」

決まりとはいえ、わざわざ二度に分ける意味はない。大名にしてやる代わりに、役目は取りあげる。朝の一度だけですむ。

堀東市正に送り出された柳生但馬守は、ため息を吐く気もなくなっていた。

芙蓉の間に戻った柳生但馬守を迎えたのは、一度離れた同僚たちから向けられた好奇の眼差《まなざ》しであった。

「のう」

「いや、それは」

「貴殿が適任でござる」

三人の惣目付が、互いに小声で押しつけあった。

「しかたなし。但馬守どの、いかがでござった」

井上筑後守が代表するようにして問うてきた。

「惣目付の任をとかれましてござる」

「なるほど」

「やはり……」

「当然でござるな」

井上筑後守らが何度もうなずいた。

「となれば、ここにおられては困りまするな。ここは惣目付の控え。いろいろと他聞をはばかるものが多くござるゆえ」

秋山修理亮がわざとらしく眉間にしわを寄せた。

「ご懸念には及ばぬ。本日より、菊の間へと移るゆえ」

相手がそう来るならば、こちらが遠慮することはない。

柳生但馬守は、口調を格上のものへと変えた。

「菊の間……」

水野河内守がうらやましそうな顔をした。

旗本と譜代大名は、どちらも徳川《とくがわ》の家臣である。ただ、一万石をこえているか、こえていないかの差があるだけで、当たり前のことながら石高が多いほうが偉い。石高が多いというのは、先祖あるいは己が、少ない者よりも手柄を立てたという証なのだ。

となれば、基本として旗本は大名を敬わなければならなかった。

「では、これにて」

芙蓉の間に持って入っていた弁当がらなどを手早くまとめた柳生但馬守が、未練も見せず、出ていった。

二

柳生家の上屋敷は、江戸城に近い愛宕下町《あたごしたちょう》にある。

江戸城から屋敷へ帰った柳生但馬守を家中《かちゅう》の面々が囲むようにして待ち受けていた。すでに報せは屋敷に届けられている。

「おめでとうございまする」

柳生但馬守の姿を見た家臣たちが、一斉に祝意を述べた。

「うむ」

大仰にうなずいた柳生但馬守は、立ち止まることなく、屋敷のなかへと足を進めた。

「お帰りなさいませ」

書院で下座に三男の主膳宗冬《しゅぜんむねふゆ》が控えていた。

「戻っていたのか」

柳生但馬守が驚きの表情を見せた。

宗冬は、寛永五年（一六二八）に十六歳で家光に召し出され、書院番士に任じられていた。書院番士の役目は、将軍の外出の供をすることと、江戸城諸門の警固である。当番であれば、暮れ六つ（午後六時ごろ）をこえなければ、帰宅できないのが普通であった。

「柳生家の慶事であると、組頭さまが早退をお許しくださいました」

宗冬が答えた。

「いかんな」

聞いた柳生但馬守が苦い顔をした。

「父上……」

不安そうな顔で宗冬が父を見上げた。

「いかに組頭が勧めてきたとはいえ、当番が役目を離れるというのは、咎めを受ける行為でしかない」

「大事ございませぬ。公方さまのご許可もいただいておりまする」

険しい目をした柳生但馬守に、宗冬が告げた。

「ほう、公方さまにお目通りをいただいたのか」

「お召しを受けましてございまする」

目通りを願ったのかと確認した柳生但馬守に、宗冬が首を振った。

「……お召しだと。わざわざ公方さまがそなたを」

「はい。組頭より柳生家がこれ以上ない栄誉を御上《おかみ》から賜った。祝いゆえに格別の思し召しをもって、本日の勤を解く。そう聞かされました後、公方さまがお呼びだと」

目を見張った柳生但馬守に、宗冬が述べた。

「公方さまがなんと」

柳生但馬守が宗冬に訊《き》いた。

「他聞をはばかるとのことで、松平《まつだいら》伊豆守《いずのかみ》さまだけがご相伴なさいました」

「他人《ひと》払いを……」

語り出した宗冬に、柳生但馬守が眉間にしわを寄せた。

「そこまでせねばならぬことか」

柳生但馬守が息を呑《の》んだ。

「…………」

書院前の廊下に立ったままであった柳生但馬守が、その場で膝を突いた。

三代将軍家光の言葉を伝えろと柳生但馬守が宗冬を促した。

「伺おう」

「はっ」

宗冬が背筋を伸ばした。

「惣目付としての功績大につき、加増のうえ、諸侯に列する」

「かたじけなき」

家光の思し召しに柳生但馬守が頭を垂れた。

「されど、躬《み》が直接言い渡せば、周囲の注意を引く」

将軍から直接言葉を賜れるのは、一門やよほどの家柄、あるいは寵臣《ちょうしん》だけである。

柳生家は将軍家剣術指南役として、家光にかなり近い位置にあるが、これは先代にな る二代将軍秀忠《ひでただ》からの引き継ぎでしかなく、もともと蒲柳《ほりゅう》の質で剣術の稽古を好まない家光は、柳生但馬守を剣術指南役としてではなく、大名たちを監察する惣目付として使った。

そもそも剣術指南役は、それだけをしているわけではなかった。剣術の腕を買われて召し抱えられている剣術指南役を、道場だけに縛り付けるほど徳川家は甘くない。

徳川家は、剣術指南役に将軍警固の役目を担わせている。

柳生家と相役になる小野派一刀流《おのはいっとうりゅう》の小野家にも、剣術指南役の他に将軍警固として、宗冬と同じく書院番士として勤番させていた。

つまり、惣目付という、将軍から離れて地方の大名のもとへ出向くこともある役目に補した家光は、柳生但馬守に剣術指南役以外の価値を見いだしたといえた。

「目立ちすぎたと」

柳生但馬守が納得した。

惣目付になった柳生但馬守は、家光の意図を汲《く》んで、多くの大名を咎めだててきた。取り潰しに追いこんだところだけでも、肥後《ひご》の加藤《かとう》家、豊後《ぶんご》府内の竹中《たけなか》家などがあり、減封、転封させた大名に至っては、枚挙に暇《いとま》がないほどである。

もちろん、他の三人の惣目付も動いたが、領地の関係で伊賀《いが》や甲賀《こうか》とも近く、交流を持つ柳生家は忍《しのび》との縁があり、手柄を立てやすかったため、抜きん出た。

「……なにより手柄ある者を、役目から外したことに奇異を感じておろうが、これも同じである。出頭人は妬まれる。小人の妬みほど面倒なものはない」

宗冬が家光の言葉を続けた。

「秋山修理亮たちか」

すぐに柳生但馬守は、その小人たちが誰を指しているのかに気づいた。

「嫌われたものよ」

柳生但馬守が苦笑した。

「しかし、さすがは公方さまじゃ。よくご覧になっておられる」

家光の人物眼を柳生但馬守は賞賛した。

「………………」

宗冬が黙った。宗冬の立場では、同意するには家光との交流は薄く、否定するのは無礼に当たる。

「忠長《ただなが》さまとながく家督を争われていたからの」

柳生但馬守が宗冬へ聞かせるように続けた。

「二代将軍秀忠さまが、嫡男の家光さまではなく、三男の忠長さまを愛《め》でられたことくらいは知っておろう。将軍たる秀忠さまが、忠長さまをかわいがられる。それはすなわち三代将軍に忠長さまをお就けになられようとのご意志でもある。大名、旗本は、誰もが家光さまではなく、忠長さまのもとを訪れた」

関《せき》ヶ原《はら》で徳川家が天下を取り、まだ豊臣家はあるがすでに実権は奪われている。これからは徳川家が立てた幕府で、天下は続いていく。

それは乱世の終わりを意味している。

徳川家が、旧来権力の象徴である豊臣家をいつまでも野放しにしておくはずもなく、もう一度か二度の戦はあるだろうが、もう血で血を洗い、一寸の土地を奪い合うことはなくなる。

泰平の訪れは、歓迎すべきことであるが、それは同時に武士としての身を立てる場所であった戦場の喪失を意味する。

「次の将軍の覚えがめでたい。これはなにより身の安全を保障する。関ヶ原で家康《いえやす》さまに逆らった者たち、二代将軍秀忠さまに嫌われた者たちの末路を見ていた連中は身に染みて知っている。まさに忠長さまの前に市ができるのではないかと思うほど、人は集まった」

「…………」

興味を持ったのか、黙って宗冬が身を乗り出した。

「そうなれば、天秤《てんびん》が傾くように家光さまの周囲から人は減る。こんなこともあった。

まだ、そなたは生まれてもおらぬころの話じゃがな、家光さまがある日病に倒れられた」

　思い出すように柳生但馬守が目を閉じた。

「高熱を発し、床に臥《ふ》せってうなされておられた。もちろん、家光さまにもお付きの小姓はおり、交代で家光さまのご看病をしていた。とある小姓が当番で、家光さまにお薬を煎じたものを木匙《きさじ》で差しあげていた。そこに忠長さまが通りかかられた。途端に、その当番の小姓は木匙を投げ捨て、忠長さまのご機嫌を伺いに走っていった」

「そのようなことが……」

　宗冬が驚愕《きょうがく》のあまり、声を漏らした。

「家光さまに付けられた小姓でございましょう。そのようなまねをいたしては、お役目を果たせませぬ」

「そやつには家光さまのお側《そば》は不本意だったのだろうな。幸い、家光さまのお病はお乳母春日局《めのとかすがのつぼね》さまの献身で快方に向かわれたが、そのようなことが日常茶飯事であったのだ。子供のころからそうであったとすれば、他人を観《み》る目ができるであろう」

「他人を疑うのまちがいではございませぬか」

　親子二人きりという気安さからか、宗冬が口を滑らせた。

「主膳、ならぬぞ。主君を非難することは、家臣としてしてはならぬ。どうしてもというのであれば、陰口をたたくのではなく、命を賭けて諫言《かんげん》せい」

「申しわけもございませぬ」

叱られた宗冬が詫《わ》びた。

「父上、一つお伺いしても」

「柳生はどうだったのかと訊きたいのか。家光さまと忠長さまの家督争いのとき、どちらに付いたかを」

「はい」

確認した柳生但馬守に宗冬が首肯した。

「当家は剣術指南役である。秀忠さまより、お子さま方に剣をお手解《てほど》きするようにと命じられていた」

「なるほど」

どっちに付いたとも言わない父の答えに、宗冬が納得した。

「家光さま、忠長さま、どちらにも同じように厳しくなさったのでございますな」

「ふん。戦場で敵は、忠長さまだからといって手加減はしてくれぬのでな」

宗冬の発言を柳生但馬守が認めた。

「いや、邪魔をした。公方さまのお言葉を続けてくれ」

柳生但馬守が、宗冬に求めた。

「では……」

もう一度宗冬が姿勢を正した。

「だからといって、柳生を無役として遊ばせるのは、名刀を蔵にしまうも同じである。これからも惣目付の役目に励めと」

「……役目から解いておかれながら、励めと」

「そのように仰せでございました」

「ふむ」

柳生但馬守が首をかしげた。

「……表には立てぬ仕事をせよということか」

難しい顔で柳生但馬守が呟《つぶや》いた。

「父上……」

「主膳、これから柳生は厳しいことになるぞ」

「とは、どういうことでございましょう」

宗冬が尋ねた。

「公方さまは、まだまだ大名たちを潰されようとなさっておられる」

「でしたら、惣目付にさせれば……」

「惣目付が大名を潰すには、それだけの理由がいる。跡継ぎがおらぬ、武家諸法度《ぶけしょはっと》に反した。これであれば、堂々と処罰ができる。それこそ惣目付の誰でも問題にはならぬ。だが、そうでない場合は……」

「そうでない場合でございますか」

柳生但馬守が困惑している理由を宗冬は、わかっていなかった。

「わからぬか」

なんともいえない表情で柳生但馬守が宗冬に問うた。

「申しわけございませぬ」

宗冬がうなだれた。

「公方さまの……」

柳生但馬守が一拍の間を開けた。

「公方さまのお気に召されぬ者を貶《おとし》めるとき」

「なっ……」

柳生但馬守の口から出た発言に、宗冬が絶句した。

「公方さまは、まだお忘れではないのだ。忠長さまへのお恨みをな」

「そんな……忠長さまは三年前に高崎《たかさき》で、自害なされましたぞ」

断言した柳生但馬守に、宗冬が啞然《あぜん》とした。

「たしかに忠長さまは、駿河《するが》五十五万石を取りあげられ、高崎に流罪となられたあげく、幽閉先で自害をなさった。たしかに忠長さまは亡くなられた。だが、家光さまを軽くあしらい、忠長さまを崇《あが》めた者たちはまだ生きている」

「…………」

聞かされた宗冬は声も出せなかった。

「表にはできぬ大名の監察……それは大名の罪を暴くことではない。公方さまが指定された大名の罪を作る。それを柳生家は求められたのだ。今回のお取り立ては、その役目に対する褒賞の前渡しだ。裏の役目ではどれほど手柄をたてても、それを褒め称《たた》えるわけにはいかぬ」

「お断りすることは……」

火中の栗《くり》を拾うどころではない。それが明るみに出たら、柳生家は大名すべてから敵視される。

「できるはずなかろう。そのようなまねをしてみろ。たちまち柳生家は、残った惣目付どもの餌食になる。公方さまが柳生を一万石にしたのは、それも考えてのことであろう。万石にいたらねば、惣目付では口出しができぬ」

おずおずと訊いた宗冬に、柳生但馬守が首を横に振った。

「柳生を旗本のままでおらせ、目付に監察をさせようといったところで、あやつらには城中の礼儀を糺《ただ》す以外の権はない」

柳生但馬守がため息を吐いた。

戦場の軍目付《いくさめつけ》から派生した目付は、その活躍の場を失っている。なにせ戦場で卑《ひ》怯《きょう》未練な振る舞いを取り締まるだけだったのだ。泰平の世となってしまったことで、どうしていいかと戸惑っているのが実情であり、とても旗本を取り潰すだけの権威もやり方も確立されていない。まだ幕府はできて三十年と少ししか経《た》っていないのだ。今は身内である旗本より、幕府にとって脅威となり得る大名たちを抑えつけ、徳川の天下を揺るぎないものにする段階であった。

「では……」

「柳生はこれからも狙い続け、そして狙われ続けることになる」

「ごくっ」

宗冬が音を立てて唾を呑んだ。

「公方さまのご庇護《ひご》も受けられぬ」

恣意で大名を潰そうとしていたなどと、明らかになれば将軍家の権威は失墜する。いや、幕府の屋台骨が揺らぐ。それこそ、外様の大大名が、やられるならばその前にと謀叛を起こしかねない。

「報われぬ」

四千石では、安いと柳生但馬守が文句を言った。

「だが、これも上意である。我らは、それに従うしかないのだ。主膳」

「は、はい」

動揺しながら、宗冬がうなずいた。

「十兵衛《じゅうべえ》を呼び戻せ」

柳生但馬守の嫡男十兵衛三厳《みつよし》は、武芸修業のため、諸国を巡っており、江戸にはいなかった。

「はっ」

命じられた宗冬が、急いで手配をするために出ていった。

「……問題は家政よな」

一人になった柳生但馬守が、書院へ入りながら独りごちた。

六千石と一万石では、家政が大きく変わる。領地が増えることで、いろいろとやることも増える。とくに旗本と大名では、つきあう相手も変わるし、面目への考えかたがまったく違っていた。

「なにより、人を増やさねばならぬ」

幕府から、大名や旗本には、石高に応じた軍役が課せられている。六千石のときは、百二十三人であったが、一万石だと二百三人と八十人ほど増やさなければならなかった。

この軍役を果たしていないと、幕府の令に反したとして、処罰の対象となった。

「人が増えれば、金もかかる。柳生はその成り立ちから、武に優れた者は多いが、勘定に通じている者が少ない」

武士は命を賭けた戦場でこそ輝く。そういった風潮からか、どうしても金に淡泊な者ばかりである。

「算盤《そろばん》が使えぬていどならまだしも、足し引きさえまともにできぬとあっては、大名の内政を預けることはできぬ」

柳生但馬守が腕を組んだ。

「捨てておいて、今更だが……あやつを召し出すしかないいな」

気まずそうな表情で、柳生但馬守が独りごちた。

三

道頓堀川《どうとんぼり》を伝馬船《てんません》があがって来る。沖合に停泊している荷船では大きすぎて、道頓堀川を通れないため、伝馬船と呼ばれる小舟に小分けして運ぶのだ。

「そろそろ仕事やで」

「へいよ」

「おう」

店の裏手でたむろしていた荷揚げ人足たちが、若い商人の指図に反応した。

「わかってるやろうけどな、ものは砂糖や。水に濡《ぬ》らしたら価値がのうなる。絶対に落としなや。落とした奴《やつ》は大坂におられへんようにしたる」

若い商人が気の緩んでいる人足たちに注意をした。

「わかってまっせ、若旦那。淡海屋《おうみや》はんを怒らしたら、どうなるかはよう知ってますよってに」

人足のまとめ役が苦笑した。

「頼むで。おまはんらが失敗したら、わいも叱られるんや」

若い商人がくどいくらいに念を押した。

「よし、あげるぞ」

まとめ役が気合いを入れた。

「おう」

「待ち」

やる気になった人足たちを、若い商人が止めた。

「なんですねん、若旦那」

気を削《そ》がれたまとめ役が不満を口にした。

「最初に数を確認せんとあかんやろうが。注文と納められる数が違ったら、商いはなりたたへんで」

「はあ」

若い商人に言われたまとめ役が唖然とした。

「船止め。竿《さお》を置き」

「…………」

砂糖を運んできた船頭が、若い商人の指示に黙って固まった。

「ふうん」

若い商人が口の端を吊《つ》り上げた。

「頭、あいつを捕まえてんか」

「……よろしいんで」

大坂夏の陣で灰燼《かいじん》に帰した大坂の町は、わずか二十年で目を見張るほどの復興を遂げていた。

道頓堀川が、安井道頓《やすいどうとん》によって掘削され、あらたな水路が完成しただけでなく、他にも江戸堀《えどぼり》川が拡張される、三ツ寺《みてら》村が島之内《しまのうち》、難波《なんば》、高津《こうづ》の三町に再編されるなど、大坂は拡大を続けている。

当然、家を建てるにも、商いをするにも、ものが運ばれてこなければ、話にならない。船の数には限りもあり、船頭も足りていなかった。

船頭には船を流れに逆らって操るなどの技量が求められるため、仕事を求めて大坂へ集まってくる人足のように代わりを探すのは難しい。

人足のまとめ役は、船頭を怒らせて辞められては、店が困るのではないかと危惧したのであった。

「そうやぞ。わいを怒らせたら、こんな店いつでも辞めてやる。いくらでも仕事はあるんや」

船頭が人足のまとめ役の懸念に便乗し、威丈高な態度を見せた。

「それがどないしたんや」

若い商人が嗤《わら》った。

「淡海屋を敵に回して、この大坂でやっていけるとでも」

「…………」

言われた船頭が黙った。

「わいを若いと思うて舐《な》めたやろ。爺《じい》はんと違って、脅せばどうにかなると」

「くそっ」

船頭が竿を使って岸を突き、船ごと逃げだそうとした。

「頭」

「おう」

もう一度言われた人足のまとめ役が跳んだ。

岸からわずか五尺（約百五十センチメートル）ほどしか離れていない船のうえへ、まとめ役が落ちた。

「こいつっ」

船頭だけにまとめ役が落ちてきたために揺れたくらいは、どうということもない。見事に揺れをいなして見せたが、荒事はまとめ役のほうに分があった。殴りかかってきた竿を、手で押さえたまとめ役が、それをへし折った。

「ひっ」

竿は竹でできている。割れることはあっても、そうそう折れるものではない。まとめ役の膂力《りょりょく》に、船頭が竦《すく》んだ。

「助けてくれ……」

船頭が腰を抜かした。

「誰ぞ、その辺の葦《あし》を抜いて束にし。それの端を頭に渡し、反対側を摑《つか》んで、引っ張り」

竿が折れて、船頭が使いものにならなくなった。それを見た若い商人が、新たな指示を出した。

「へい」

人足たちが、急いで従った。

「ご苦労はん。今日の賃銀に上乗せしとくわ」

船頭の首根っこを摑んで、岸へと戻ってきたまとめ役に、若い商人が告げた。

「一夜《かずや》、派手なまねをしいな」

そこへ老齢の商人が声をかけてきた。

「あっ、お爺はん」

「こいつは、淡海屋の旦那」

一夜と呼ばれた若い商人とまとめ役が反応した。

「砂糖の一袋くらい、別段かまへんのに」

「しやかて、お爺はん。砂糖一袋は、銀二百匁《もんめ》はするで。そんな損をするわけにはいかへん」

一夜が首を横に振った。

銀はおおよそ六十四匁で金一両になる。銀二百匁は三両をこえた。

「それくらいやったら、こいつからむしり取れたで」

淡海屋七右衛門《しちえもん》が顎で船頭を示した。

「沖の船からここまで運んでくる駄賃が、一回で五匁や。一日で五回くらいはいけるやろ。合わせて二十五匁やな。そこから砂糖の代金として二十匁を抜く。これを十回繰り返したら、もとや」

「そんなん、一日で逃げよる」

勘定を口にした淡海屋七右衛門に一夜が反論した。

「そうやな。逃げるやろうな」

あっさりと淡海屋七右衛門が認めた。

「お爺はん」

一夜があきれた。

「まあ、こういうやり方もあるということを知っておくのも勉強やで」

「で、ほんまはどうすると」

嘆息しながら、一夜が淡海屋七右衛門に尋ねた。

「おまえ自前の船頭か」

「……違う。住吉《すみよし》の辰蔵《たつぞう》親方のもとで働いてる」

淡海屋七右衛門に問われた船頭が告げた。

「なら、船を取りあげる」

「そんなまねをしたら、住吉の親方を敵に回すことになるで」

親分の名前を出したことで、船頭の元気が戻った。

「敵に回したらどうなると」

「おまえのところに荷は誰も運べへんぞ。それに船を取り返しに、手下がやってきて店を潰すわ」

おもしろそうに問うた淡海屋七右衛門に、船頭が答えた。

「うちの店を潰す。怖いこっちゃ」

「そうや。わかったら、さっさと儂《わし》を放せ」

淡海屋七右衛門が肩を抱いて震えて見せたため、船頭が図に乗った。

「一夜、なんで今回は住吉の船を雇うたんや」

「備前屋《びぜんや》はんから、伝馬を頼んだはええけど、荷船が遅れて積み荷がないと泣きつかれたからで」

荷船が沖に入ってからでは、数の少ない伝馬船の手配が間に合わないので、前もって押さえておくことはままある。しかし、天候以外だと、荷の有無にかかわらず、伝馬船を頼めば金が要った。

「なるほど。ほしたら、今回の尻は備前屋はんが引き受けてくれるの」

「……それはっ」

笑顔を向けられた船頭の顔色がなくなった。

「得意先一軒、あらたに取引してくれるかも知れへん店一つ。そしてその二つの店から、大坂に拡がる住吉の親方の悪評。これらを合わせた損よりも、おまはんは価値があるんかいな」

「ひいい」

船頭が悲鳴をあげた。

「頭、船から荷をあげておくれな」

「へい」

船頭を無視して淡海屋七右衛門がまとめ役に言った。

「一夜、数を」

「……みい、よう……二十五。二つ足らんわ」

指図を受けた一夜が苦笑した。

「船底の筵《むしろ》を捲《めく》ってみ」

「……あった」

荷揚げ人足が袋を持ちあげた。

「放してやり」

淡海屋七右衛門が、船頭を押さえている人足に手を振った。

「よろしいんで」

「かまへんわ。賃銀を払わんけどな」

まとめ役の確認に、淡海屋七右衛門がうなずいた。

「ほれ、どこなと行け」

「…………」

解放された船頭が、捨てぜりふもなしに船へ跳び乗って逃げ出した。

「竿折れたままやのに」

手で岸を突いた船頭が道頓堀川の流れに乗った。竿なしの船など流れる木の葉に等しい。

「どうでもええわ」

一夜のあきれに、淡海屋七右衛門が冷たく応じた。

「ほな、砂糖は三番蔵へ入れといてや。行くで一夜」

淡海屋七右衛門が、背を向けた。


徳川家が豊臣家を滅ぼすために起こした二度の戦は、大坂の町を完全に焼け野原とした。

「大坂の町をどうにかいたせ」

豊臣秀頼《ひでより》を自害させ、豊臣秀吉《ひでよし》が築いた天下の巨城を破壊した徳川家康は、外孫で養子にした松平下総守《しもうさのかみ》忠明《ただあき》に復興を命じた。

松平下総守は、大坂冬の陣で河内口の大将として戦い、その後の和睦で大坂城の外堀を埋める奉行となり、豊臣方との約束である外堀だけでなく惣堀を埋め立て、夏の陣での完勝を演出した。

　その功績をもって松平下総守は、伊勢《いせ》亀山《かめやま》五万石から摂津《せっつ》大坂十万石へと移された。

「城は後回しでよい」

　松平下総守は、家康の意図をよく汲んだ。大坂が重要なのは、東海道の終点、南海道や丹波《たんば》街道の始点、そして瀬戸《せと》内《うち》や熊野《くまの》灘《なだ》へ通じる水運の良港と、交通の要路だからである。

　もちろん、ここに豊臣秀吉の築いた大坂城をこえる巨城を建て、西国へ徳川が天下人だと見せつけなければならない。が、それよりも町に人を呼び返すことが肝心だと松平下総守は理解していた。

　大坂夏の陣を終えたとき、町屋に人影はほとんどなかった。城攻めはその城下を焼くことから始まるのが基本である。

　城が見えにくいだけでなく、入り組んだ辻《つじ》や建物を利用した待ち伏せ、罠《わな》も仕掛けやすくなる。攻める側にとって城下は邪魔でしかなかった。

また、町を焼くことで、城に籠もっている連中の気勢を削げる。守るべき城下が蹂《じゅう》躙《りん》されていくのをじっと見ているしかできないというのは、かなりきつい。

「豊臣に尽くして参りましたのに」

なかには大坂城の門まで来て、恨み言を並べる者も出てくる。

「助けて……」

なかには城の将兵と馴染《なじ》みの遊女もいる。

それらを見捨てるのは、かなり辛《つら》い。

もっと酷《ひど》いことになると、城下の町並みを敵に利用されないようにと、城方が火を付けることもある。

とくに寒い地方や、季節だと空き家になった民家に入りこんで暖を取る攻城方が出てくる。風や雨、雪をしのげるだけで、体力の低下はかなり防げる。

他にも町屋に残された食料や夜具など、敵の手に物資が入ることもある。

また、城からの目が届かない町屋の陰でなにかを企《たくら》む場合も多い。

後々のことを考えなければ、今、生き延びなければと追い詰められた城方が、必死の策として城下を焼く。

大坂の町人たちは、大坂冬の陣で家も店も焼かれた。住むところも仕事も失った民たちは、大坂を捨てて、大和《やまと》や京、播磨《はりま》へと逃げた。

城下を整えても、人が帰ってこなければ無駄になる。

松平下総守は、大坂城三の丸を開放して、京伏見の町人を移住させた伏見町《ふしみまち》を作り、その後、城の東に武家屋敷町を、西に商家町と分けて作り、徐々に大坂の町を整えていった。

「これ頼むわ」

淡海屋七右衛門が一夜の前に大福帳を投げ出した。

「検算かいな」

うんざりとした顔で一夜が大福帳を捲った。

「商いは、まず銭勘定からや。その銭勘定のもととなる取引大福帳がまちがってたら、困るやろ」

「わかってるわ。物心ついたときから、ずっとお爺はんから叩《たた》きこまれてきたんやからな」

文句を言いながら、一夜が大福帳を見ていく。

「……お爺はん」

一夜が大福帳を捲る手を止めた。

「ここが、合わんわ」

「どれ……」

算盤を取り出した淡海屋七右衛門が大福帳を確認した。

「合ってるぞ」

「三日前と見比べて」

一夜がつまらなそうに言った。

「三日前……ふん」

大福帳を繰った淡海屋七右衛門が口の端を吊り上げた。

「同じ品物が、出入りしているけど、金額が違う。近江《おうみ》から入ってきた蠟燭《ろうそく》の値が三日でそんなに上下したという話は聞いてない」

淡海屋七右衛門から取り戻した大福帳の検算を、一夜が再開した。

「……ふざけたまねを」

「三日はあかん。せめて大福帳が新しいのになってからやないとなあ」

怒る淡海屋七右衛門に一夜が首を横に振った。

「三日でも取引が多いと気づかない」

「それは油断やな」

淡海屋七右衛門のため息を、一夜が一蹴した。

「……もう一カ所あった」

一夜が大福帳を置いた。

「目をかけてきたつもりやった……」

淡海屋七右衛門が肩を落とした。

大福帳に記入できるのは、主《あるじ》である淡海屋七右衛門とその孫一夜、そして大番頭だけである。帳面をごまかしたのは、大番頭であった。

「信用して、店も任せてきたというに」

「やめとき、お爺はん」

落ちこむ祖父を一夜が醒《さ》めた目で見た。

「これくらいのこと、お爺はんが気づかんはずないやろう。わいを試したんやろうが、大番頭の喜兵衛《きへえ》に負担をかけてどないすんねん」

「……ばれたか」

不意に淡海屋七右衛門の雰囲気が軽いものになった。

「老いた振りまでして……そんなに隠居したいんかいな」

一夜が嘆息した。

「したいわ。もう、儂は六十三歳やぞ。世間ならとっくに墓の下や。生きてても息子に代を譲って楽隠居してる」

淡海屋七右衛門が文句を言い始めた。

「店を継ぐのはええ。商いは好きやし、それしか知らん」

一夜が応じた。

「おうっ、では……」

「でも、それは今やない」

身を乗り出した淡海屋七右衛門に一夜が首を横に振った。

「なにが不満なんや」

「世間を知らなすぎや」

一夜が言った。

「生まれて物心ついてからずっと大坂や。堺《さかい》くらいには行ったけど、江戸も博多《はかた》も平戸《ひらど》も知らん。そこにいてる連中がどんなんで、なにを考えているか、それをわかってないと、商いはでけへん。それこそ、大坂だけで終わる」

一度言葉を切って、一夜が白湯《さゆ》を口に含んだ。

「大坂はまだまだこれから伸びる。大坂だけの商いでも、十分やっていけるやろう。

それでも世間は狭くなる。もし、大坂でまた戦でもあったら……今度は復興できるとはかぎらへん。まずないやろうけど、万一を考えるのも商いや」

「………」

一夜の話を黙って淡海屋七右衛門が聞いた。

「二年でええ。好きにさせて欲しい」

「……二年か」

真剣な表情で淡海屋七右衛門が唸《うな》った。

「それくらいは生きてくれ、お爺はん」

「わかった。もし、一夜がいない間になにかあったら、店は喜兵衛に預ける。それでええな、喜兵衛」

淡海屋七右衛門が隣の部屋へと声をかけた。

「……承りました。若旦那さまがお戻りになるまで、わたくしめがお留守を預からせていただきまする」

襖が開いて、顔を出した喜兵衛が手を突いた。

「すまんな、喜兵衛」

「いえ。ですが、あまりのんびりなさいますと、わたくしが店をいただいてしまうやも知れません」

軽く頭を下げた一夜に喜兵衛が淡々と言った。

「ほな、本家淡海屋でも作って、喜兵衛の店を潰してみせるわ」

「けっこうで」

一夜の答えを聞いた喜兵衛が、満足そうにうなずいた。

「早速、明日にでも」

「いけません」

心を浮かせた一夜を喜兵衛が冷たい目で止めた。

「若旦那さまには、大坂を離れられる前にお得意先さま、仕入れ先さまと顔つなぎをしていただかねば困りまする」

喜兵衛が要求した。

人と人の繋《つな》がりは、構築するのに手間がかかるわりに、切れるのは簡単である。金や家屋敷は、先代から相続できるが、繋がりというのは違う。いきなり断ちきられることはないが、先代より劣るとわかれば、徐々に細くなり、やがてなくなってしまう。

一度切れた縁は、まず結び返せない。努力すれば形だけは繋がってくれるだろうが、それは利害のうえだけになる。利害をこえたところにある縁は、もう手に入らない。

喜兵衛の求めた顔つなぎだけで、その縁は取り持てない。ただ、一夜が大坂へ戻って来て、淡海屋を継いだとき、この顔つなぎが生きてくる。

「お目にかかりたい」

まったく初めての者が、そう願ったところで門前払いされるのがおちである。しかし、一度でも顔を合わせていたら、

「諸国見聞の旅より戻りました。ご無沙汰のご挨拶を」

こう話をもっていける。

喜兵衛が狙いはそれであった。

「わかった。わかった。手配してんか」

意味がわかった一夜が首肯した。

今日いって今日会える。相手が実力を持っているほど、会うのは難しい。そういった連中と話をしたがる者は多いからだ。

「出雲屋《いずもや》はんは、明日の昼から。黒田家の御用人佐堂《さどう》さまとは、明日の夕刻……坂本《さかもと》屋《や》はんとは、三日後の朝一番」

翌日、喜兵衛がすべての手配をすませて、報告してきた。

「大物ばっかりやな」

さすがに一夜も息を呑んだ。

「阿呆《あほ》なまね、してくれなや」

淡海屋七右衛門に伴われて、一夜はその皆と会った。

「ええ跡継ぎはんですな」

「なかなかの面構えである」

「うちの娘を嫁にもらわへんか」

淡海屋七右衛門の孫に、それも祖父が付き添っているのだ。どことも応対はていねいで、好意を持ったと思わせてくれる。

「まだまだ若輩です。これから精進いたしますので、どうぞ、お導きを」

一夜も大人しい振りをする。

「これで終わったな」

最後の顔つなぎを終えた一夜が、淡海屋七右衛門とともに店へと戻った。

「旦那さま」

店では喜兵衛が困惑した顔で待っていた。

「どうした」

淡海屋七右衛門が首をかしげた。

「お客さまがお見えでございまする」

「客……誰とも約束はしてへんはずやが」

喜兵衛の言葉に、淡海屋七右衛門が怪訝《けげん》な顔をした。

「あの……柳生家のお方が」

気まずそうな顔で、喜兵衛が口にした。

「なんやと」

さっと淡海屋七右衛門の顔色が変わった。

「お爺はん」

一夜も表情を固くした。

四

淡海屋の客間で初老の武士が端座していた。

「お待たせをいたしたようで、申しわけもございませぬ」

淡海屋七右衛門が廊下に膝を突いて、謝罪をした。

約束もなく、勝手に来たとはいえ、相手は武家である。拒むことはできなかった。留守ならばいたしかたないが、拒否は抵抗を意味する。一度、店を焼かれている淡海屋七右衛門は、嫌でも柳生家の使者に会うしかなかった。

「いや、不意に来たこちらが悪い」

初老の武士が手を振って、詫びは要らぬと言った。

「では、ごめんを」

吾《わ》が家の客間であるが、武士を相手にするならば、断りを入れなければならない。もう一度頭を下げてから、淡海屋七右衛門が客間へ入った。

「あらためて名乗ろう。柳生但馬守家来武藤大作《むとうだいさく》である」

「淡海屋七右衛門にございまする」

初対面の儀式は終わった。

「ご用件は」

世間話もせず、淡海屋七右衛門が直截《ちょくせつ》に問うた。

「若君を引き取らせてもらいたい」

武藤大作が告げた。

「い、今更なにをっ」

一気に淡海屋七右衛門が激昂《げきこう》した。

「二十年、二十年でございますぞ。その間、ただの一度も顔を見せることもなく、手紙さえ寄こさなかったのに……」

「事情が変わったのだ。柳生家は公方さまの思し召しをもって、この度大名になった」

「大名……一万石」

武藤大作の話に、淡海屋七右衛門が驚いて勢いを失った。

「そこで人手が要る。武に長《た》けた者ならば、道場にいくらでもおる。しかし、大名というのは、力だけでやってはいけぬ。勘定ができる者が必須である」

「………」

述べる武藤大作を淡海屋七右衛門が無言で見つめた。

「淡海屋も知っておるだろうが、柳生家は恨みを買っている」

「それはそうでしょうなあ。あれだけいろいろな大名方に手出しをされたんですから」

淡海屋七右衛門が首肯した。

「しかし、今ごろ恨みを気になさるのは……」

疑問を淡海屋七右衛門が呈した。

惣目付という役目は、手柄をたてるたびに憎まれたり、恨まれたりする。大名家を潰すというのは、当主とその一門だけの話ではない。その大名家に属しているすべての者が、牢人《ろうにん》あるいは無職になるのだ。一万石で小者《こもの》まで入れるとおよそ三百、十万石にいたっては、数千をこえる者が収入を失う。

名のある者、技のある者は引く手あまたで、次の奉公先が決まる。しかし、そうでない者のほうが多いのだ。それらの者からしてみれば、今日食いものがないのは惣目付のせい、重代《じゅうだい》の家宝を売らなければならないのも惣目付のせい、妻や娘を遊女に落とさなければならないのも惣目付のせいとなっている。

惣目付のなかでも辣腕《らつわん》で鳴らした柳生但馬守の名前は、まさに牢人たちの怨嗟《えんさ》に塗《まみ》れていた。

「今までは御上のご威光もあったが、大名となれば話が変わる」

「惣目付を解かれた」

「御上のご指示である」

役目を辞めさせられたなと言った淡海屋七右衛門に、武藤大作が柳生家が失策を犯したわけではないと言い返した。

「結局は、守ってくださっていたものがなくなったので、自衛をしなければならなくなったということでございますな」

「……………」

図星を口にした淡海屋七右衛門に、今度は武藤大作が黙った。

「大名さまともなると、お旗本のときとはいろいろ違って参りまする。武で鳴った柳生さまですからな、どなたさまも蛍とは言われますまい」

武功がなく、将軍の寵愛だけで大名になった者のことを、蛍大名と呼んだ。

蛍大名とは、尻が光っているという意味で、今の将軍家光は男色で知られており、その小姓上がりの松平伊豆守信綱《のぶつな》や堀田加賀守正盛《まさもり》らは、閨《ねや》での奉仕で大名になったと陰口をたたかれている。

さらに蛍とは、男色だけではなかった。娘や妹を差し出したことで出世した者もそう呼ばれた。妹を豊臣秀吉が側室としたことで、五千石から大名へと出世した京極高次《きょうごくたかつぐ》などがその代表として知られていた。

「言葉を慎め」

武藤大作が嫌そうな顔をした。

「銭勘定のできる者ならば、この大坂に掃いて捨てるほどおりますが」

詫びもせずに、淡海屋七右衛門が告げた。

主家が潰れて牢人になった者のなかには、勘定方も多い。算盤が使える、銭勘定ができる者は、江戸か大坂に出てきて、新たな仕官を求める。

江戸にいる者は武家奉公を望み、大坂に来ている者は武士に見切りをつけて商家でのし上がろうとしている者が多いとの差はあるが、声をかければ集められた。

「牢人が信用できると」

「そうでございましたな。なにせ柳生さまが作り出したようなものでした」

怒りを見せた武藤大作に、しゃあしゃあと淡海屋七右衛門が返した。

「…………」

怒鳴りたいのを我慢するためか、武藤大作が目を閉じて気息を整えた。

「武藤さま」

その様子を見た淡海屋七右衛門が口を開いた。

「己の欲で作っておきながら放置し、また要りようになったから手に入れようとする。それが正しいとお思いで」

「……家のためじゃ」

「なるほど。家のため」

一瞬、質問に苦い顔をした武藤大作の答えに、淡海屋七右衛門が納得した。

「では、一夜は渡せまへん」

「なぜだ」

「店のためでございまする。一夜は生まれたときから商人として生きて参りました。いや、大坂でも通じるだけの商人とすべく、導いて参りました。そしてようやく店を譲ろうとしていたところでございまして。一夜を取りあげられますと、店が潰れまする」

訊かれた淡海屋七右衛門が告げた。

「かかわりないな。たかが商店が潰れることと、家が危なくなることを同列として扱えるわけなかろう」

武藤大作が冷たく言い切った。

「お帰りを」

淡海屋七右衛門が話にならないと拒絶を叩きつけた。

「よいのか。店が潰れるぞ」

「なにをなさるおつもりで」

脅した武藤大作に、淡海屋七右衛門が笑った。

「ここは大坂、江戸とは違います。大坂は商人の町。金のない者は相手にされません。たかが一万石では……」

一万石は五公五民で五千石の年貢となる。米一石はおおむね金一両になり、柳生家の年収は五千両となる。

もっともその五千両をすべて柳生但馬守が使えるわけではなかった。家臣たちの禄として六割は要るし、小者や女中の給与、さらに江戸屋敷と国元の屋敷の維持費がかかる。

柳生家が好きに使える金は、千両、無理をして二千両というところだ。

淡海屋七右衛門が相手にならないと言ったのは当たり前の反応であった。

「金が力だと」

「はい」

念を押すような武藤大作に、淡海屋七右衛門が強く同意した。

「命と金ではどちらが重い」

武藤大作が尋ねた。

「それは、命ですな。金は稼げばええ。しかし、命は戻りません」

淡海屋七右衛門が答えた。

「ですが、わたくしを殺しはったら、柳生家も無事ではすみません」

無礼討ちというのは、そうそう認められるものではないし、将軍家剣術指南役の家中が庶民を斬ったとあれば、王者の剣にふさわしくないとして役目を取りあげられるのは必定であった。

「この場を去らずに腹を切る」

武藤大作が当然だと宣言した。

武士には切腹ですべての責任を負うという暗黙の了解がある。切腹すれば、武士の情けで、それ以上咎めない。

「ほう」

感心したように淡海屋七右衛門が声を漏らした。

「ですが、そのときは柳生さまは、淡海屋へもうかかわることはできませんよ」

切腹で話を終わらせたとしても、まだしつこく淡海屋に絡むようでは、さすがに幕府も許しはしない。

「道場の者が続く。あれは家臣ではない。破門してしまえば、ただの牢人だ。淡海屋が潰れてなくなるまで続ければ、若君は行き場所を失われる。となれば、柳生に来るしかなくなる。なにせ、若君を守るはずのおまえは、最初に死んでいる」

「…………」

淡海屋七右衛門が沈黙した。

「お爺はん」

隣の部屋で聞いていた一夜が、襖を開けて客間へ入ってきた。そのまま上座へ足を向ける。

「無礼やぞ」

「……これはっ」

どけと手を振った一夜に武藤大作が息を呑んだ。

「わいを淡海屋七右衛門が孫として扱うなら、無礼討ちにしい。柳生但馬守の息子として扱うなら、下座へ控えんかい」

一夜が怒鳴りつけた。

「申しわけございませぬ」

あわてて武藤大作が座を開けた。

「一夜……」

淡海屋七右衛門が一夜を見た。

「おおきにやで、お爺はん。命までかけてくれて。しゃあけど、それはあかん。お爺はんが生きてくれんと、わいの帰るところがなくなるやろ。淡海屋が、わいの故郷やで」

「……そうやったな」

一夜に諭された淡海屋七右衛門がうなずいた。

それでも訊かなければならないと淡海屋七右衛門が一夜に確認した。

「ええんか、一夜」

「生涯やない。二十年ほっといたんや。今更死ぬまで尽くせとは言われへんやろうし、言わさへん。なあに、一年ほどでわいの代わりができる者《もん》を育てて、さっさと縁切ってくるわ」

「そうやな、おまはんやったらできる。できるわ」

笑いながら述べた一夜に、淡海屋七右衛門が泣きそうな顔で首を何度も縦に振った。

第二章　待ち受ける穴

一

一夜は武藤大作に十日の猶予を願った。

「江戸へ行く前に、大坂で片付けとかなあかんことがありますよってにな」

「では、十日後に」

武藤大作が承知した。

「若旦那さま」

隣室で話を聞いていた喜兵衛も加わった。

「十日かあ、短いなあ」

淡海屋七右衛門が孫との別れを思い、ため息を吐《つ》いた。

「このまま連れていかれるよりはましやろ」

一夜が苦笑した。

「よっしゃ、新町《しんまち》いこか」

気を取り直して、淡海屋七右衛門が腰を上げようとした。

新町とは大坂で唯一幕府から認められている遊郭であった。大坂夏の陣の翌年に、伏見在の牢人木村又次郎《ろうにんきむらまたじろう》の願いで設けられた。その後、大坂の町並みが復興するにつれて、遊郭は移転をさせられ、やがて寛永四年（一六二七）に道頓堀川の南の新地《しんち》にまとめられた。

新町、通称西町《にしまち》と呼ばれた遊郭は、瓢簞町《ひょうたんまち》、新京橋町《しんきょうばしちょう》、新堀町《しんぼりちょう》、佐渡島町《さどしまちょう》、吉原《よしわら》町《ちょう》の五町からなり、そのうち瓢簞町にある伏見屋《ふしみや》が、淡海屋七右衛門の馴染《なじ》みの見世《みせ》であった。

「なんで、いきなり女郎買い」

「江戸の女に気を引かれては、大坂へ戻ってけえへんなるやろう。大坂の女の良さを身にしませておけば、吉原とかいっても惑わされんですむやろう」

驚いた一夜に、淡海屋七右衛門が告げた。

「それはうれしいけどな、その前にすませておかなあかんことがある」

少し頬を緩めた一夜だったが、首を横に振った。

「喜兵衛はん」

「手配を急がせます」

一夜に見られた大番頭がうなずいた。

「ええのか」

理解した淡海屋七右衛門が、なんともいえない顔をした。

「大坂の商人とのつながりは、絶対に役に立つ」

強《こわ》い顔で一夜が続けた。

「大坂城が落ちて、天下は完全に徳川はんのもんになった。これで戦はもう起こらへんやろう」

「ないな」

一夜の意見に淡海屋七右衛門が同意した。

「戦わない武士に意味はあるか、お爺《じい》はん」

「価値はないな」

「しゃあけど、武士が民の上に立つのは変わらへん。これはなんでや」

「武家には力があるからな。刀が、槍《やり》が、弓が使える」

「それや。武士はなにかあれば、力で押し通そうとする」

「…………」

一夜の言葉に、淡海屋七右衛門が黙った。

「あっ……」

その様子を見た一夜が申しわけなさそうな顔をした。

「ごめん。要らんこと思い出させてしもうた」

「……おまえが謝ることではないわ」

小さく淡海屋七右衛門が頭を左右に振った。

「生きてるし、店も前より大きい」

力ない笑顔を淡海屋七右衛門が見せた。

「儂《わし》より、一夜のほうが辛《つら》かろうに」

「大丈夫や、お母はんのことはほとんど覚えてないしな」

淡海屋七右衛門の気遣いに一夜が手を振った。

「……そうか。覚えてへんか」

「よろしいか」

暗くなった雰囲気を割るように、喜兵衛が戻って来た。

「すみません。割りこんでしまいますが……」

「気にしいな。で、どうやった」

申しわけなさそうな喜兵衛へ微笑《ほほえ》んで、一夜が問うた。

「阿波屋《あわや》さまが、今からお出《い》でいただきたいと」

「他は」

「明日の午前中に丹波屋《たんばや》さま、昼八つ（午後二時ごろ）に安土町《あづちまち》の讃岐屋《さぬきや》さま、その後……」

喜兵衛が告げた。

「無理を通してくれたんやなあ。お疲れはん」

先日回り切れなかった商人との面会を手配してくれた喜兵衛を一夜がねぎらった。

「ほな、行って来るわ」

「皆はん、大坂を代表する大店《おおだな》の主《あるじ》はんばっかりや、失礼のないようにな」

淡海屋七右衛門が、一夜を送り出した。

武家の表芸は、まず槍と弓、そして馬術である。武士の家、とくに一廉《ひとかど》の者ともなれば、まだ子供のうちからこれらを厳しく叩《たた》きこまれる。

しかし、大将は違った。

大将は本陣にあって、全軍を指揮するのが役目であり、先陣を切って戦うのは端武者《はむしゃ》の仕事だからだ。本陣近くで槍や弓を振り回しては、味方を傷つけてしまうため、総大将やその警固を担う近習《きんじゅ》、小姓は護身、護衛のための剣術を身につけた。

結果、大将たる者は弓や槍を学びはするが、それ以上に剣術が重要になり、徳川将軍の剣術指南役という地位は、かなり重く扱われた。

当然、将軍の剣術指南役は、天下の名人でなければならなかった。

その嫡男柳生十兵衛三厳は、剣術修業のため江戸を離れ、全国を行脚《あんぎゃ》していた。

「柳生さま、これが届きましてございまする」

越前福井藩《えちぜんふくい》で富田流《とだりゅう》小太刀術《こだちじゅつ》を学んでいた柳生十兵衛に、若い弟子が書状を手渡した。

「お手数をおかけいたした」

あきらかに若い男でも、他流の弟子となれば、ていねいに扱わなければならない。気の荒い稽古をしている道場でも、最低限の気遣いをしておかないと、柳生の評判にかかわる。

「将軍の剣術指南役は父であろうに、横柄である」

「息子も躾《しつ》けられぬ親が、将軍さまに剣術の手ほどきをするなど」

柳生十兵衛の行動で、父柳生但馬守の名前に傷が付きかねなかった。

「……ほう」

書状を読んだ柳生十兵衛が声を漏らした。

「いかがなされた、柳生どのよ」

道場主の富田勢嵐《せいらん》が、柳生十兵衛に声をかけた。

「これは、お稽古のお邪魔をいたしました。どうぞ、お許しをたまわりたく」

稽古の気分をため息が崩したと気づいた柳生十兵衛が詫《わ》びた。

「いや、そのていどで乱れるようでは、話にならぬ」

気にされるなと富田勢嵐が手を振った。

「父より書状が参りまして、急ぎ戻れと」

「なにか不都合でも」

剣術修業中の者を呼び返すのは、よほどのことがあったときが多い。

富田勢嵐が気遣った。

「お心遣い感謝いたしまする。どうやら父が公方《くぼう》さまより、ご厚恩を賜ったよし」

「ご厚恩……」

「はい。大名に列していただいたと」

首をかしげた富田勢嵐に、柳生十兵衛が告げた。

「お大名に……それはめでたい」

聞いた富田勢嵐が手を叩いて賞した。

「ありがとうございまする。そのかかわりがあり、拙者に戻れと」

「でございましょうな。それだけの慶事となれば、ご一門が揃《そろ》われて御祝いとなるのは必定。残念ではございまするが、修業は生涯のもの。またいずれ、ともに研鑽《けんさん》いたすこともございましょう」

富田勢嵐が柳生十兵衛に笑いかけた。

「お言葉身に染みまする」

柳生十兵衛が頭《こうべ》を垂れた。

「いかがでござろう。再会を約してのお手合わせをいただいても」

将軍の剣術指南役の息子に、富田勢嵐が敬意をもって願った。

「是非とも」

喜んで柳生十兵衛が受けた。

柳生十兵衛は定寸《じょうすん》の木刀、富田勢嵐は小太刀を模した木刀で対峙《たいじ》した。

「参る」

客分として稽古を見学していた柳生十兵衛が、格下の礼儀として先に動いた。

「お願いいたす」

富田勢嵐も、やはり格下としての礼を尽くし、二人の稽古仕合は始まった。

「…………」

余分な会話は呼吸を乱す。

柳生十兵衛も富田勢嵐も、無言で相手を見つめた。

「ごくっ」

二人の気迫に、道場の壁際で見守っていた富田流小太刀術の弟子たちが息を呑《の》んだ。

「……くはっ」

緊迫の空気が続き、耐えかねた弟子が息苦しさから逃れようと、大きく息を吐いた。

「はっ」

「おう」

それを合図にしたかのように、柳生十兵衛と富田勢嵐が動いた。

間合いは当然定寸の木刀が有利である。普通に二間（約三・六メートル）の間合いで相対していれば、富田勢嵐が不利になる。

小太刀術は、その不利を有利に変える工夫で成りたった。

すっと富田勢嵐が踏みだし、地に擦るかと思うほど腰を低くして柳生十兵衛へ迫った。

「なんの」

小太刀の技は見てきている。

すばやく柳生十兵衛が木刀を振り落とし、富田勢嵐の出鼻をくじこうとした。

「ふん」

当たり前の対応など、富田勢嵐には見慣れた動きでしかなかった。

清流で身をくねらせる鮎《あゆ》のように、身体《からだ》をひねった富田勢嵐がこれをかわした。

「つっ」

外れたとわかった瞬間、柳生十兵衛が跳んだ。

大和の山奥に位置する柳生の里は、耕地が少ない。坂道ばかりで生活、修業を重ねてきた柳生十兵衛の跳躍力は、衆に優れている。確実に四尺（約百二十センチメートル）を跳んだ柳生十兵衛を、低い富田勢嵐は襲いきれず、そのまま通り過ぎるようにして間合いを離した。跳び降りてからの反撃を富田勢嵐は嫌ったのだ。

「……お見事」

「いや、柳生どのこそ」

逆の位置取りとなって対峙し直した二人が互いを賞賛した。

「かたじけなし」

引き分けだと柳生十兵衛が木刀を下ろした。

「こちらこそ、よき技を拝見した」

富田勢嵐も木刀を垂らし、一礼した。

「いや、餞《はなむけ》をいただいた」

柳生十兵衛が富田勢嵐との稽古に感謝した。

「どうぞ、道中つつがなく。北国《ほっこく》街道は難所が多うござる」

福井から江戸へ出るには、北国街道を北上、加賀、越後《えちご》高田《たかだ》を経るのが近い。だが、その途中には、親不知《おやしらず》と呼ばれる海沿いの難所があった。

「いえ、一度柳生に戻ってから江戸へ向かうつもりでおりますれば」

その道は取らないと柳生十兵衛が首を左右に振った。

「さて、お世話になりましてござる」

日が暮れる前に少しでも進んでおきたいと、柳生十兵衛が富田流小太刀術の道場を後にした。

二

一夜は初老の阿波屋を前にかしこまっていた。

「急にお願いをして申しわけございません」

いつもと違う堅い口調で一夜が、無理を言って面会をしてもらったことを詫びた。

「いやいや、気になさるな。わたくしはもう隠居ですからな。別段、なにをしているというわけでもございませんし。かえって無聊《ぶりよう》を慰めていただいたようなもの」

阿波屋が手を振って笑った。

「聞けば、お武家さまになられるとか」

「そのあたりはよくわかっておりませんが、おそらく」

確認する阿波屋に一夜が首を横に振った。

無理に予定を組んでもらったのだ。事情を話さないわけにはいかないし、黙っていたところで、噂《うわさ》の早い大坂である。一カ月もしないうちに、一夜が柳生家へ抱えられたというのは知れる。

こちらからあらかじめ説明しておくのと、後から聞こえてきたのでは、相手の心証が大きく違ってくる。後日の縁も考えたならば、一夜のことを秘密にしておくのは、悪手でしかなかった。

「それにしても、淡海屋さんの跡取りさんはどこぞのお武家さまの落とし胤《だね》やとは伺っておりましたが、柳生さまとは」

阿波屋が感心した。

「言われても、顔を見たことさえございませんので……」

困惑していると一夜がため息を吐いた。

「さようでございますか」

微妙な表情で阿波屋がうなずいた。

「それにしても、江戸へ行かれると言われるのに、なぜわたくしどもに会いたいとお考えになりました」

「戻りますまで、祖父のことをお願いしたかったのと、わたくしの顔を見知っていただきたく思いまして」

問うた阿波屋に一夜が答えた。

「戻られるおつもりで……」

阿波屋が驚いた。

戦国乱世以降、人は、男子は、皆武家になりたがった。武士になり手柄を立てれば、食いっぱぐれがなくなる。とくに家を継げない商家や百姓の次男、三男は武士になれば、妻《めと》を娶り子をなし、家を譲れる。でなければ、実家の片隅で生きていけるだけの食料を与えられる代わりに、こき使われて妻や子と縁がない生涯を送ることになる。ようは搾取されるほうから、するほうへ立場を変えたがった。

それを一夜は否定した。

「はい。生まれて二十年、商人として過ごして参りました。商人以外の生きかたは知りませんし……」

一度一夜は言葉を切った。

「なにより、かわいがってくれた祖父のすべてである淡海屋を捨てるわけには参りません。柳生藩の勘定方を一通りのものにしたら、帰ってこようと」

「いやあ、ご立派な。うちの馬鹿孫にも聞かせてやりたいですな。まったく算盤《そろばん》をはじくよりも、新町で女郎の帯を解くことばかりうまくなりおって……」

一夜の話を聞いた阿波屋が嘆いた。

「ところで阿波屋さま、四国はいかがでございますか」

真顔になった一夜が訊《き》いた。

「むつかしいでしょうなあ」

阿波屋が肩をすくめて見せた。

「四国はそのほとんどが関ヶ原で入れ替わってしまいました。蜂須賀《はちすか》さま以外は、総入れ替えされましたから、領内が落ち着いておりませんな」

「関ヶ原から四十年近く経《た》ってますが……」

「四国の者は頑固ですからなあ。とくに土佐《とさ》が惨《むご》い」

「山内《やまうち》さまですな」

阿波屋の嘆息に、一夜が応じた。

四国の土佐は長宗我部元親《ちょうそかべもとちか》によって統一された。長宗我部元親は土佐を支配した後も、阿波、讃岐、伊予《いよ》を手中に収めるべく動いたが、豊臣秀吉によって土佐一国に押しこめられた。その後、長宗我部家は関ヶ原で石田三成《いしだみつなり》に与《くみ》して出陣、直接徳川家康と戦わず、戦線の崩壊に伴って退却、謹慎して慈悲を願ったが、沙汰が下る前にお家騒動を起こして改易となった。その後に関ヶ原の合戦で、豊臣恩顧の大名のなかでもっとも早く徳川家康に従うと宣言した山内一豊《かずとよ》が出世して入った。

土佐の支配者となった山内一豊は、長宗我部の旧臣を家中《かちゅう》に組み入れるように見せながら、そのじつ排除した。山内に批判的な旧長宗我部の家臣たちをだまし討ちにする、武士身分ともいえぬ郷士《ごうし》に落とすなどして領内を把握したが、迫害された者たちが納得するはずもなく、騒動の火種は残っていた。

「なにせ、皆さまやる気がございませんから」

阿波屋が苦笑した。

「一揆《いっき》が起こると」

「そこまでは……」

確かめる一夜に、阿波屋が答えを濁した。

「いや、これ以上は過ぎまする。ありがとうございました」

一揆が起こる起こらないは、米だけでなくあらゆるものの値段に直結してくる。商売の秘密に踏みこんだと、一夜が詫びた。

「いや」

阿波屋が気にしないで良いと微笑んだ。

「しかし、大変ですなあ」

「わたくしがでございますか」

しみじみと言われた一夜が首をかしげた。

「うちには、ちょうどええ歳頃《としごろ》の娘がおりませんのでなんですが、これから行かれるところでは、縁談話がでますやろう。いやあ、常々淡海屋さんが、うちの孫は鳶《とんび》が鷹《たか》や、瓜《うり》の蔓《つる》になすびがなったと自慢してはったのも無理はございませんな」

阿波屋の目が光った。

「…………」

「お気を付けなされよ。尖《とが》った釘《くぎ》は便利ですが、使うほうを傷つけるときもある」

「目立ちすぎるなと……」

「では、お帰りを」

尋ねる一夜に答えず、阿波屋が頭を垂れた。

一夜は三日目で挨拶回りにくたびれていた。

「次はどこやった」

「信濃屋《しなのや》さまで」

予定を訊いた一夜に喜兵衛が告げた。

「味噌《みそ》、醬油《しょうゆ》を扱ってはる信濃屋はんやな」

「さようで」

念を押した一夜に、喜兵衛がうなずいた。

「あそこに、お嬢は……」

「いてるどころやないなあ。いとはん、なかんはん、こいはんとよりどりみどりや」

嫌そうな顔で確認した一夜に、淡海屋七右衛門が指を折った。

「三姉妹かいな」

「上から十六歳、十五歳、十三歳や。しかも三人小町といわれるほどの器量よしやで」

嘆息した一夜に淡海屋七右衛門が楽しそうに笑った。

「なんでどこへいっても、娘が出迎えるねん。話の最中も横に座ってにこにこしてるし……肝心のことが訊かれへん」

一夜が文句を言った。

「それも狙いやな。あんまり突っこんだ質問をされたくないんやろ。問われたことに答えなかったら、儂との仲もまずうなる。それを防ぐには、娘を同席させるのが一番やからな」

淡海屋七右衛門が述べた。

「もちろん、娘をおまえが気に入ったら、なによりというところやろ」

「そんなわけないやろ。わいは大坂を離れるんやで。娘を江戸にまで嫁にやらんでも、大坂でええ縁談ぐらいなんぼでもあるはずや」

一夜がわけがわからないと戸惑った。

「愛娘を遠い江戸に出しても、引き合うと思うてるんやろうな」

「どんな得があると」

一人で納得している淡海屋七右衛門に、一夜が怪訝《けげん》な顔をした。

「柳生さまやからよ」

淡海屋七右衛門がわずかな嫌悪を見せた。

「産ませた子供を放ったらかしにしているとか、手を出した女を二度と振り向かないとか、人としてはただの屑《くず》だが、柳生が承っている役目は重要だ」

「たしか、惣目付《そうめつけ》やったかなあ」

一夜が自信なげに述べた。

柳生但馬守からの手紙に大名への昇格は書かれてあったが、惣目付でなくなったことは記されていなかった。

「そうや。惣目付はすべての大名はんを見張る役目や。いや、もっと質《たち》が悪い。すべての大名に難癖を付けることができる。大名が謀叛《むほん》を起こさないようにするというのは、起こそうとしていると疑いをかけられるということや」

淡海屋七右衛門が敬称を取った。

「……罪を作れる」

「そうや」

呟《つぶや》いた一夜に、淡海屋七右衛門がうなずいた。

「いわば、大名の首根っこを押さえているんや。その権は大きい。すべての大名が、前田《まえだ》はんも島津《しまづ》はんも伊達《だて》はんも、柳生には気を遣う」

「わかる」

淡海屋七右衛門の言葉に、一夜が納得した。

「おまはんが、その柳生家に召し抱えられるんや」

「柳生との縁を繋《つな》ぎたいわけか」

一夜が嘆息した。

「で、どうやった。今までに気に入った娘はいてたか。顔が気に入ったとか、乳が大きく張りだしているのが気になったとか」

「皆美形ばっかりやったわ。それが着飾って出てくんねんで、たまらんわな」

「ほう」

「しゃあけどな、皆、名前を言うた後は、じっと黙ってるねん。そんなもん、人形となんも変わらんわ」

感心しかけた淡海屋七右衛門に、一夜が首を左右に振った。

「そうか、皆、あかんな」

淡海屋七右衛門が苦笑した。

「一度の出会いで、男を落とすとなれば、もっと動かなな。こう言う声で、笑ったらこうなって、なんに興味があるか、今までおもしろく思ったものはなんやとか」

「まったくや。黙っているだけやったら、新町の女郎のほうがましやわ。あっちは閨《ねや》の楽しみがあるさかいな」

祖父の意見を一夜も認めた。

「さてと、行って来るわ」

時間やと一夜が腰を上げた。

「信濃屋はんか。場所は京橋《きようばし》やったか。ちいと約束の刻限には早いのと違うか」

「それが店やのうて、住吉の寮へのご招待や」

あまり早く着きすぎても困るだろうと言った淡海屋七右衛門に、一夜が手を振った。

「寮か……」

淡海屋七右衛門が驚いた。

寮は、仕事からの休みを取るとき、病での療養などに使われる別宅である。ほとんどが風光明媚《めいび》なところにあり、大坂湾とその航海の安全を守る住吉神社のある辺りは、豪商たちの寮を構える土地として人気が高かった。

住吉は摂津の国の南端に近い。少し南下すれば和泉《いずみ》の国になるし、東へ進めば河内も近い。

海路はもちろん、陸路の要地でもあるだけに、人の往来が激しい。

「気いつけや」

「わかってる」

一夜が手をあげた。

三

一夜はわざと一人で住吉へと向かった。

商家の主はもちろん、番頭でも一人で出歩くことはしない。かならず、荷物持ちやなにかのときに使者として出る丁稚《でっち》あるいは若い手代を連れて歩く。

逆に供なしで一人の者は、さほど裕福だとは見なされない。一夜は供を連れないことで、目立たないようにした。

「門のところから松が出ていると言うてたな。それも片枝やと……あれか。ほう、思ったよりも小さいな」

住吉神社へお参りをすませてから、信濃屋の寮を探した一夜は、それらしいものを見つけた。

「ごめ……」

寮の門前に立った一夜が訪《おと》ないを入れようとした。

「淡海屋さまの若旦那さまで」

いきなり寮の門扉が引き開けられて、なかから若い娘が顔を出した。

「……うおっ。は、はい。淡海屋一夜と申しまする」

いきなりのことに一夜が驚き、慌てて名乗った。

「ああ、すんまへん。脅かしてしまいましたわ。信濃屋の娘で須乃《すの》でございまする」

若い娘が応じた。

「娘はんが、門番のまねごとを」

一夜が目を見張った。

「ここの寮には、奉公人は一人もおいてまへん。すべてわたしらの手でしますねん」

須乃が微笑《ほほえ》みながら述べた。

「それはまた。では、掃除も台所仕事も」

「はい。もっとも台所は姉の城ですので、わたしらは入れまへんねん」

「それはまた、なんでですやろ」

答えた須乃に一夜が訊いた。

「材料の無駄やと」

「…………」

意味のわかった一夜が黙った。

「どうぞ、おあがりを」

話しながら案内していた須乃が、一夜に玄関を示した。

「では、遠慮のう」

一夜が玄関にあがった。

「ここからは、わたしがご案内いたします。衣津《いつ》と申します。どうぞ、よろしゅうに」

須乃より幼い娘が、玄関からなかを見通せないように置かれていた目隠し屏風《びょうぶ》の陰から出てきた。

「淡海屋の一夜で」

一夜が一礼した。

「ほな、後ほど」

須乃が告げて背を向けた。

「奥へ」

衣津が先に立った。

信濃屋の寮は、さほど広くはなかった。玄関から奥の間まではすぐというほどではないが、さほど離れていなかった。

「お父はん、淡海屋さんのお孫はんがおいやした」

奥の間の前で衣津が膝を突いた。

「お通ししてんか」

「はいな」

なかからの応答に合わせて、衣津が障子を開いた。

「どうぞ、お入りを」

奥の間の向かって右に、まだ若い信濃屋が座っていた。

「ごめんをくださいませ」

頭を下げた一夜が、信濃屋の正面、ほんのわずかだけ下座よりに腰を落とした。

「信濃屋幸衛門《こうえもん》でございます」

「淡海屋七右衛門の孫、一夜でございまする」

あらたまって二人が自己紹介をした。

「遠いところをよくぞお出でくださいました。お疲れでございましょう。まずは茶を」

信濃屋が手を叩いた。

「………」

静かに奥の襖《ふすま》が開いて、須乃とよく似た歳頃の娘が盆を掲げてきた。

「どうぞ」

娘が一夜の前に茶碗《ちゃわん》を置いた。

「いただきまする」

一夜が茶碗に手を伸ばした。

「上の娘永和《とわ》でございまする。先ほどお出迎えいたしましたのが、次女の須乃、ご案内いたしましたのが、末娘の衣津。皆、ごあいさつを」

信濃屋が障子越しに声をかけた。

「はい」

「はあい」

障子が開いて、須乃と衣津が入ってきた。

「本日はようこそのお見えでございまする。なんのおもてなしもできませぬが、どうぞ吾《わ》が家だと思われて、おくつろぎを」

三姉妹を代表して長女の永和が、歓迎の意を述べた。

「かたじけのうございまする」

そちらへ向かって謝意を口にした一夜が姿勢を正し、信濃屋へ向き直った。

「当方の事情はすでにご存じでございましょう」

「すべてとは申しませぬが、少しは」

確認した一夜に、信濃屋が首を縦に振った。

「柳生さまのご家中に加わられるとか」

「はい。父より命が届きましてございまする」

信濃屋の答えに一夜が告げた。

「やはり、柳生さまのお血筋であられましたか」

「お察しのとおり」

感心するように言った信濃屋に、一夜が感情を見せない顔でうなずいた。

「いけませんな、それは」

信濃屋がため息を吐いた。

「嫌なら嫌、うれしいならうれしいと感情を見せなければいけません。感情を表にしないのは褒められたことではありません。それが偽りであれ、心の底からであれ、なにかしらの揺らぎを見せねば、痛くもない肚《はら》を探られることになりましょう」

小さく首を左右に振りながら、信濃屋が諭した。

「そういうものなのでございましょうか」

「人というものは、わかりやすいものを信じたくなるもの。あの御仁は某《なにがし》どのを嫌っていると思わせれば、たとえその裏で繋がっていても気づきにくくなりまする」

一夜の問いに、信濃屋が言った。

「……なるほど」

「嘘《うそ》でもいいので、好き嫌いは見せなされ」

「武家でもそうせよと」

もう一度言われた一夜が念を押した。

「武家ほど、そうすべきですな」

信濃屋が続けた。

「人の好き嫌いを面に出してはいけないのは、将軍さま、あるいはお大名、お役人の頭たるお方だけ。これらの方は好き嫌いを見せるだけで、有能な家臣や部下を失うことになりますゆえ、どれだけ腹立たしい者でも笑顔で迎えなければならず、どれほど気に入っている者でも声の調子は平坦《へいたん》にしなければなりませぬ。ああ、これはわたくしども商人にも一部当てはまりまする」

「ふむ。若いうちははっきりさせておけと」

「その通りでございますな」

理解した一夜に、信濃屋が笑った。

「うちの娘たちでもそうです。三人に同じ顔を見せていると……」

信濃屋が三姉妹を見た。

「最初は、気に入ってくださったのかと喜びますけれど……」

「いつまでも同じじゃったら、これはあかん」

「ええ顔してはるだけで、興味がないねんなと気づきます」

永和、須乃、衣津が口にした。

「そして、結果として」

「わたくしどもに嫌われます」

もう一度娘たちを促した信濃屋に、三姉妹が声を揃えた。

「姿を偽るなでございますか」

「さよう。で、そろそろよろしんと違いますか」

理解した一夜に、信濃屋が口調を崩した。

「ほな、甘えさせてもらいますわ」

一夜もいつもの言葉遣いにした。

「今ごろ呼び出されたのはなんでやと思われてますかの」

信濃屋が質問を始めた。

「大名になったことで、家政をする者が足りなくなったからでしょうな」

「それを本気で思ってはりますか」

「…………」

念を押した信濃屋に、一夜が黙った。

「ここの寮が、なんでわたしら家族だけで回されてるか、おわかりですやろう」

「他の耳がない」

奉公人を入れないことで、ここでの話が漏れないようにしていると言う信濃屋に、一夜が首肯した。

「しゃあけど、わたくしどもを信用する術《すべ》がない」

しっかりと信濃屋は、一夜の懸念を見抜いていた。

「大事ございません」

永和が口を挟んだ。

「もし、ここでの話が外に漏れたら、誰も二度と信濃屋を相手にはしてくださいませんわ」

須乃が胸を張った。

「もちろん、なにも言わずに帰られるという選択もおますけどな」

「それを選べば、二度とここへは招かれない」

信濃屋の話に、一夜が苦笑した。

「たかが、味噌問屋。柳生さまの御家老あるいは御用人となられるあなたはんには、たいしたことやおまへんでしょうが」

「…………」

卑下するような信濃屋に、一夜は思案した。

「わかりました」

一夜が認めた。

「算盤を使える者なら、いくらでもいてます。関ヶ原以降、どれだけの大名が潰れ、何千、何万の家臣が牢人になったか。勘定方の者もそのなかには山ほどいてます。もちろん、主家を潰し、己を牢人させた柳生家に、抱えられるをよしとしない者もいてますやろうが、それでも生きていかなあかんとなれば、恩讐《おんしゅう》を忘れる者も出てくるはず」

「…………」

語る一夜を信濃屋親娘《おやこ》がじっと見つめた。

「となれば、二十年ほったらかした息子を使う理由はない。少なくとも柳生家へいい感情は持っていないのだから」

「で」

須乃が身を乗り出した。

「それをわかっていて呼び出す。商人としての生活しかしてこなかったわいを……」

「商人でなければできないことをさせると」

永和が一夜を見上げた。

「そう」

ゆっくりと一夜が首を上下させた。

「さすがですな」

信濃屋が一夜の考えを認めた。

「商人しかできへんことって……なに」

衣津が首をかしげた。

「金の動き」

「ものの流れ」

一夜と永和の声が揃った。

「ふふふ」

満足そうに信濃屋がほくそ笑んだ。

「ものが流れれば、金が動く。金が出入りすれば、ものの値段が変わる。それに気づけるのは、商人。それも目利きだけ」

信濃屋が一夜を指さした。

「まだ店も継いでない若輩でっせ」

ないと一夜が手を左右に振った。

「聞きましたで。住吉の辰蔵親方の一件」

信濃屋が知っていると述べた。

「辰蔵と縁が……」

一夜が苦い顔をした。

「荷を預けてはいまへんけどな。信濃屋の荷は、信濃《しなの》から美濃《みの》、琵琶《びわ》の湖を経て、大《お》津《つ》から伏見、そして伏見から船。海から道頓堀川を遡る船荷を扱っている辰蔵一家とはつきあってまへん」

利害関係はないと信濃屋が否定した。

「もっとも、寮が近いですよってな。いろいろな話が聞こえてきますわ」

一夜と辰蔵親方との確執は知られていると信濃屋が告げた。

「惣目付とか言う、津々浦々まで目と耳を飛ばすお役目をしてはる柳生さまですわ。一夜はんのことを知っていても不思議やおまへん」

「むうう」

一夜が唸《うな》った。

「それだけ認められているということですわ」

「うれしくはおまへんな」

己を捨てた父に認められたところで、喜べないと一夜が苦い顔をした。

「では、どうですやろう。儂と義理の親子になりまへんか」

「えっ」

不意に言われた一夜が啞然《あぜん》とした。

「その娘三人、どれでもよろしい。お気に召したのを娶ってくださいな」

「なにを言いはりますねん。今日、逢《お》うたばかりですし、娘さんたちの気持ちもありますやろ」

あっさりと述べた信濃屋に、一夜が首を左右に振った。

「うちらはお気に召しまへんか」

哀《かな》しそうな顔で須乃が問うた。

「そうやおまへん。ただ、あまりに急やと」

「急やなかったら、よろしいと」

もう一度首を横に振った一夜に、永和が確認を求めた。

「…………」

「ほな、これからよろしゅうに」

言葉を失った一夜に、信濃屋が釘を刺した。

信濃屋から帰って来た一夜を一目見た淡海屋七右衛門が、口の端を吊《つ》り上げた。

「やられたな」

「笑いごとやないで、お爺はん。信濃屋はんは無茶や」

一夜が大きくため息を吐いた。

「猫の子やないねん。娘をそう簡単に嫁に出すって……」

「それが大坂商人や」

あきれる一夜に淡海屋七右衛門が言った。

「えっ」

「大坂商人が一番大切にするもんはなんや」

驚いた一夜に、淡海屋七右衛門が問うた。

「そらあ、店の看板やろ」

「そうや。看板が大事や。評判が悪うなったら、店が左前になる。左前になったら、奉公人を雇っておられへんようになる。奉公人を辞めさせたら、商いは小そうせなあかん。小さな商いでは、尻つぼみや。そうして店が潰れてみい、もう二度と淡海屋の看板は信用されへんなる」

淡海屋七右衛門が続けた。

「お公家はんはもとより、お武家はんも家を継いでいかなあかん。公家はんには、血筋しかないいし、お武家はんは跡継ぎがいなければ禄《ろく》を取りあげられる。どちらも血筋の男子であれば、問題ない。まあ、娘婿というのもあるけどな。実子がいれば、まず養子は取らへん。しかし、商家は違う。いかに実子でも店を潰すような阿呆《あほう》に継がせることはない。そんなまねをしてみよ、店を潰した者だけでなく、親さえも子供かわいさに目が曇った商人としてあるまじき者と、悪名だけが残る」

「…………」

じっと一夜が聞いた。

「うちは幸い、おまえというええ跡取りがいてたけど、そうでないお店《たな》はたいへんや。馬鹿に店を継がせて潰すわけにはいかへん。となれば、娘に優秀な男を娶《めあ》わせて、店を発展させるしかない。おまえが回って来た讃岐屋はんも以東屋《いとうや》はんも、主はんはご新造さんや」

「お二人とも入り婿だと」

「そうや。どちらも番頭やったのを、婿にした。おかげで当代になってから、讃岐屋はんは、御上御用達《おかみ》になりはったし、以東屋はんは江戸に出店を作りはった」

確かめた一夜に、淡海屋七右衛門が教えた。

「ほんで、信濃屋はんには、娘しかいてへん」

「目を付けられたと……。せやけど、わいは一人孫やで。わいが婿に出たら、淡海屋の跡継ぎが」

続けた淡海屋七右衛門に、一夜がすがるように口にした。

「子供を二人以上作って、分け合えばすむ」

「それまでの間は……」

淡々と答えた淡海屋七右衛門に、一夜が不安そうに尋ねた。

「おまえが淡海屋と信濃屋の面倒を見ることになるな」

「無理や」

一夜が悲鳴をあげた。

「そうなりたくなかったら、気をつけや。信濃屋はんの娘御は美形やったやろ」

「小町と言われるだけのことはあった」

「やれ、信濃屋はんも遠慮のない」

淡海屋七右衛門があきれた。

「どの娘が気に入った」

「長女の永和はん」

「はああ」

言った一夜に淡海屋七右衛門が盛大なため息を漏らした。

「惚《ほ》れやすいのは、佐登《さと》譲りか」

「お母《かあ》はんは、惚れやすかったんや」

一夜が初めて知ったと声をあげた。

「まあ、そのお陰でおまえが生まれたんやけどな」

淡海屋七右衛門がなんともいえない顔をした。

四

徳川家康は己の死期を覚《さと》ったのか、長く大坂で放置していた豊臣家へ手出しを始めた。

「大坂を出て、伊勢へ移れ」

「城と領地を捨て、公家として生きよ」

かつての天下人を徳川家康は、臣下とするか、政《まつりごと》から切り離そうとした。

「大坂城は故太閤《たいこう》殿下がお造りになられたもの。徳川といえども自儘《じまま》に取りあげることはできない」

「公家となれば、豊臣は正一位関白、太政大臣《だいじょうだいじん》の家柄となる。たかが従二位内大臣兼征夷大将軍《せいいたいしょうぐん》ごときでは、声をかけるのもおこがましい」

嘲笑とともに徳川家康の要求は拒否された。

「生き残らせてやろうという慈悲をわからずば、滅ぼすだけよ」

徳川家康が決意するのも当然であった。

関ヶ原の合戦で己に逆らう者どもを始末したとはいえ、徳川家康は豊臣家の家老職の一人でしかない。たとえ武家の頭領たる征夷大将軍になろうとも、豊臣家には家臣としての礼をとらなければならないのだ。

「どちらが偉いのだ」

「徳川内府どのが亡くなられたら……」

世間の大名たちも戸惑う。

豊臣秀吉亡き後、跡取りとなった秀頼が幼すぎたため、政がどうなるのか、石田三成、大谷吉継《おおたによしつぐ》ら一部の若い大名の思うがままに天下を差配されてはたまらないと、不安を抱いた大名たちが、老練な徳川家康を頼ったのが関ヶ原の合戦に繋がった。

石田三成ら邪魔者を消した今、豊臣家によって大名にしてもらった連中、秀吉の手で乱世の荒波から助けてもらった者どもが、ふたたび大坂に忠義を向けることはあり得る。

徳川家康には従えても、息子たちには頭を下げられぬとなっては、苦労が水の泡になってしまう。

結果、徳川家康は豊臣秀頼の作った寺の鐘銘に難癖を付けるという、恥も外聞もないやり方で大坂を攻めた。

「えらいこっちゃ。戦や、逃げな」

天下の城下町だった大坂が戦場になるとは思っていなかった商人たちが、あわてて私財と家族を連れて、逃げ出した。

そのうちに淡海屋七右衛門もいた。

淡海屋七右衛門は一人娘の佐登を連れて京へ逃げようとした。その途中で、戦場を荒らす牢人たちに襲われ、あわやというところに、柳生宗矩が現れた。徳川秀忠の供をして京へ来ていた柳生宗矩は、兵法家として戦場をあらかじめ見ておこうと大坂へ向かう途中で狼藉《ろうぜき》を見つけ、介入した。

「徳川家の戦を汚す不埒《ふらち》な輩《やから》どもが」

弟子と二人で柳生宗矩は八人の牢人を葬り、危うく犯されそうになっていた佐登を救い出した。

「ありがとうございまする」

女の操《みさお》の危機に颯爽《さっそう》と現れた柳生宗矩に、佐登が一目惚れをし、そのまま押しかけた。

「命を救われたんや、しゃあないな」

娘の行動を淡海屋七右衛門は苦笑しながらも認めた。

佐登は京で柳生宗矩が宿泊している京都所司代《しょしだい》組屋敷の長屋で生活をし始めた。

さすがに戦場へ連れていくわけにはいかないと、逢瀬《おうせ》は短かったが、それでも佐登は身ごもった。

「男だと家がもめる。女ならば江戸へ報《しら》せろ」

すでに柳生宗矩には長男十兵衛、次男左門《さもん》がいた。

「お邪魔はいたしませぬ」

佐登はそのまま大坂へ残った。

さすがに父親一人を残してはいけなかったのだ。

そして大坂夏の陣が終わってすぐ、佐登は男子を産んだ。

「思い出だもの」

佐登の一言で、男子は一夜と名付けられた。

「しゃあないな。きちっと婿を取ってもらいたかったが、儂が長生きして、一夜に商いのすべてを教えこむしかないわ」

娘の思いを理解した淡海屋七右衛門が、一夜を跡取りとして教育した。

「あなたの父は、強いお方でした」

そうのろけ続けた佐登は、一夜が三歳の冬、ふと引いた風邪がもとであっけなく死んでしまった。

「報せだけは出すか」

江戸柳生宛に佐登の死を報せる手紙を出したが、返答はなかった。

「武士とはそんなもんやとは、わかっていたが」

母を亡くした一夜を、淡海屋七右衛門が辛そうに見た。

「もうええわ。一夜は大坂一の商人にしてみせる。いつか、柳生家が金を貸してくれと頭を下げに来るような金満に」

淡海屋七右衛門が決意をした。

「とまあ、おまえには佐登の血がな」

思い出話を終わらせた淡海屋七右衛門が嘆息した。

「……心配しいな。嫁は大きな買いものやでな。なんせ、代金が己の生涯や。博打《ばくち》をする気はないで」

一目惚れで動くことはないと一夜が首を横に振った。

「……あと五日か。お爺はん、もう挨拶回りはええやろ」

「そうやな。大事なところは終わってるようやし」

一夜の求めを淡海屋七右衛門が認めた。

「ほな、お爺はん、残りの日は、淡海屋を教えてんか」

「厳しいで、商いに祖父と孫はかかわりないからな」

願った一夜に淡海屋七右衛門が応じた。

惣目付でなくなった柳生但馬守を追い出した芙蓉《ふよう》の間で、三人の惣目付が寄っていた。

「いかがであろう。惣目付はいまだ健在なりというのを大名どもに見せつけるべきだとは思わぬか」

秋山修理亮が口火を切った。

「たしかに、まだ柳生但馬守どのが職を外されて二十日ほどだというに、大名どもはもう安心じゃと気を抜いておる」

「我らを甘く見おって」

井上筑後守、水野河内守も秋山修理亮に同意した。

柳生但馬守が将軍家光から惣目付としての働きに功ありと褒賞を与えられ、一万石の大名に列したという話は、その日のうちに江戸城で広まった。

そして大名になった代わりに、惣目付という役目から外されたという話は、一日ほどで知れ渡った。

「いや、めでたい」

「これで安心できるというもの」

大名たちが安堵《あんど》のため息を吐いた。

それほど柳生但馬守の手腕は鳴り響いていたのだ。

もちろん、他の三人がなにもしなかったわけではないが、柳生但馬守の名前と、なにより将軍家剣術指南役という肩書きがものをいった。

惣目付として得た情報を、そのまま上様のお耳に入れているのではないかと、諸大名が戦々恐々となったのである。

「それはいかん」

「許しがたい」

さほどの罪ではなくとも、将軍がそう漏らせば、見逃せない。

無罪放免だったのが叱りおくになり、叱りおくが謹みに、謹みが閉門蟄居《ちっきょ》に、そして閉門蟄居が改易になりかねない。

「但馬守に目を付けられたら、終わりだ」

大名の誰もが怖れた柳生但馬守が、惣目付ではなくなった。大名たちの緊張が目に見えて解けたのも当然であった。

だが、それは残された三人にとって、屈辱でしかなかった。

「我らは柳生但馬守より劣るというか」

「惣目付は但馬守一人ではない」

三人の惣目付が気分を害したのも無理はなかった。

「どうする、いくつか見せしめに潰すか」

「潰せるだけの材料があるか」

秋山修理亮と水野河内守が顔を見合わせた。

惣目付だからといって、恣意で大名をどうこうするわけにはいかない。ちゃんと老中や将軍が納得するだけの理由がなければ、返す刀で斬られるのは己になる。

「今のところなにもない」

井上筑後守が首を左右に振った。

「急いで探すしかないか」

小さく秋山修理亮が首を左右に振った。

「しかし、小さな大名を一つか二つ潰したところで、いつものことと流されるぞ」

「かといって十万石をこえる大名となると、衝撃は大きいが、なかなかに難しい。向こうも警戒をしておる」

水野河内守と井上筑後守が難しい顔をした。

「衝撃が大きい……」

ふと秋山修理亮が思いついたように呟いた。

「修理亮どの、なにか」

「よい案でも思いつかれたか」

井上筑後守と水野河内守が反応した。

「但馬守どのに痛手を与えれば……」

「むう」

「それは、大名どもに大きな驚きをもたらそうが……」

秋山修理亮の言葉に、二人が唸った。

「相手は但馬守どのぞ。惣目付のことをよく知っている」

「どのようにして、惣目付が大名を罪に問うてきたか、そのすべてを理解しているといっても過言ではない」

水野河内守と井上筑後守が首をひねった。

「それについてでござるがの。貴殿らは但馬守の噂をご存じないか」

敬称を取った秋山修理亮が二人に問うた。

「但馬守の噂といえば……」

井上筑後守が水野河内守を見た。

「庶子が一人おるというのは聞いたことがある。しかし、庶子くらい珍しくもなかろう。恥ずかしい話だが、吾が父にも庶子はおる」

水野河内守が述べた。

庶子とは正室以外の女が産んだ子供のことをいうが、跡継ぎなしは断絶という決まりがある大名の場合、誰が産もうと子供は実子として扱われる。ただ、母親の身分が低いとか、一度限りの関係で生まれた子供で認知の意味がないなど、実子扱いされていない者を庶子としていた。

「庶子がいることは罪ではない。それを言い出せば、二代将軍秀忠さまを引き合いに出されて仕舞いじゃ」

それは問題にはならないと秋山修理亮が首を左右に振った。

二代将軍秀忠の庶子というのは、今の高遠《たかとお》藩主保科《ほしな》肥後守《ひごのかみ》正之《まさゆき》のことだ。秀忠が悋《りん》気《き》の強い正室お江与《えよ》の方の目を盗んで手を出した奥女中にできた子供を、隠したため庶子として扱われた。後、お江与の方が亡くなってから、公式に子供と認められて信《しん》州《しゅう》高遠三万石の領主となった。

「但馬守には庶子がおる。庶子を儲《もう》けるなど、大名として不心得である」

こう糾弾しようものならば、秀忠を誹《そし》るも同然になる。いかに惣目付でも、前将軍を罵って無事ですむはずはなかった。

「そうではない」

庶子を儲けたことを非難するのではないと水野河内守が否定した。

「その庶子の母が大坂商人の娘なのだ」

「初耳じゃ」

「知らなかったわ」

水野河内守の続きに、秋山修理亮と井上筑後守が驚いた。

「余も偶然知ったのだ。但馬守が、何度も大坂城代に問い合わせをかけておることに気づいてな。なにがあるのかと調べたところ、どうやら庶子がおるらしいとわかっての」

「…………」

告げた水野河内守に、二人が黙った。

惣目付は旗本を監察しない。だからといって放置するはずはなかった。同僚は出世の敵になる。惣目付の上となると旗本でいけば、江戸城の留守を預かる留守居しかなく、それ以外での出世となれば、大名に列せられるくらいである。

留守居は定員が決まっているうえ、その席は惣目付だけでなく、町奉行、大番頭《おおばんがしら》なども狙っている。競争相手が多いうえに、強敵ばかりなのだ。

それを押しのけて出世しようと考えれば、必死で手柄を立てるだけでは及ばない。競争相手の足を引っ張らなければ足りない。

それを水野河内守は柳生但馬守相手にしてのけ、聞いた同僚二人が頬をゆがめ沈黙することになった。

「そのような顔ができるのか」

よく似たことをしているだろうと、水野河内守が不満を口にした。

「いや……」

「すまぬ」

秋山修理亮と井上筑後守が詫びた。

「ふん」

鼻を鳴らして、水野河内守が続きに入った。

「その大坂商人の娘が産んだ但馬守の庶子だがな、少し探ったところ大坂の大店を差配できるくらいの器量があるそうだ」

「それはうらやましい」

「勘定ができる者はありがたい」

井上筑後守と秋山修理亮が声をあげた。

「拙者も欲しいと思う」

水野河内守も同意した。

「大名となれば、内政などが旗本といろいろ変わってくる。領地へ顔を出さねばならぬし、一揆などが起こらぬように気を遣わねばならぬ」

旗本は幕府領のなかから知行所を割り当ててもらう。年貢は幕府の定めた四公六民と決められていた。娘が嫁にいくから、役目に就きたいので賄賂が要るからといって、勝手に年貢をあげるわけにはいかない。

　おかげで秋に年貢を納めさせるだけではやっていけないが、さほどの手間は要らないし、なにより一揆の心配をしなくてもすんだ。

　四公六民は諸藩と比べて年貢として低いのだ。それで不満だとなれば、幕府領から大名領へ組み替えられ、少なくとも五公五民、下手すれば六公四民の年貢を払わされる。そうなるとわかっていて一揆をするほど百姓たちも愚かではなかった。

「大名になれば、費えは増えるな」

　井上筑後守もうなずいた。

　大名は領地を無事に治めて当たり前とされている。将軍が江戸にいるからと、そちらばかり気にしていては、治世がおろそかになる。かといって領地に閉じこもりっぱなしでは、謀叛を企《たくら》んでいるとか、幕府に不満があるため出仕してこないとか、悪意のある噂が江戸で飛ぶことになった。

　国元と江戸、その両方に気を配らなければならないとなれば、頻繁に行き来することになる。

　大名の旅は行軍に準じられるだけに、少人数で費えを抑えるというわけにはいかない。そのようなまねをすれば、嘲笑される。

武士にとって面目は命よりも重いのだ。行列も石高に応じた規模になる。一万石でも数十人は引き連れての移動になり、その費用は莫大な負担としてのしかかってくる。「一万石より九千石のほうが、裕福だ」

といった逆転が実際に起こる。

「その費えを……」

「庶子にださせるか。いや、庶子の実家に」

水野河内守の話を、秋山修理亮が先読みした。

「いや、大坂の商家がそんな金を出すはずはない。あやつらは武家を憎んでいる。なにせ家屋敷を焼かれてまだ二十年だ。忘れるには短すぎる」

「……たしかに」

首を左右に振った井上筑後守に、秋山修理亮が首肯した。

「となれば、その庶子を勘定方として国元へ入れるか」

「だろう。なにせ、但馬守は将軍の剣術指南役として、江戸を離れるのが難しい。国元を預ける人材に困ろう」

「長男は上様の不興を買って、お側を外されたのであったな」

「父の代理で公方さまの剣術お手直しをしているときに、木刀でお頭《つむり》を叩いたと聞いた。そんな剣術馬鹿に治世などできまい」

惣目付としての役目が忙しくなった柳生但馬守は、家光の剣術相手として長男十兵衛三厳を出した。しかし、柳生十兵衛は遠慮がなさ過ぎ、家光の勘気を蒙《こうむ》って役目を辞していた。

「次男の刑部少《ぎようぶしょう》輔《ゆう》は、兄と違って公方さまのお気に入りであろう」

「たしか、病を得て国元で療養していると聞いた」

水野河内守の問いに秋山修理亮が答えた。

柳生十兵衛の代わりに次男の刑部少輔左《さ》門友矩《もんとものり》が召し出され、こちらは家光の寵愛を受け、小姓から徒頭《かちがしら》へと進み、父とは別に二千石を与えられたが、体調を崩し、療養生活に入っていた。

「国元に居るからと、刑部少輔に政をさせるわけにはいかぬな。政ができるほどに回復したならば、江戸へ戻せと公方さまがお求めになろう」

秋山修理亮が小さく頭を横に振った。

「お気に入りの蛍は手元で……」

「おいっ」

迂闊《うかつ》なことを口にしかけた水野河内守を井上筑後守が窘《たしな》めた。

「いや、口がすべった。聞かなかったことにしていただきたい」

水野河内守が頭を下げた。

「書院番士を務めておる三男の他に、もう一人居たはずだ、子供は」

「生まれたばかりだろう」

井上筑後守の質問に水野河内守が告げた。

「赤子では使えぬな」

徳川家には七歳未満の子供に家督を継がせないという慣例がある。幼すぎては政ができないという判断からのもので、それによって家の継承を認められずに潰された大名は多い。

人員合わせには使えるとはいえ、柳生但馬守が幕法に違反するようなまねをするとは思えなかった。

「となれば、残るのはその庶子しかおらぬ」

秋山修理亮が述べた。

「長年放置されて、要りようになったからと呼び出された捨てられ息子」

「武家としての躾《しつけ》を何一つ受けていない息子」

水野河内守と井上筑後守が顔を見合わせた。

「目を付けておくべきだな」

秋山修理亮が結論を口にした。

「それで、刑部少輔はどうしている。おとなしくしているのか」

「知らぬな。国元のことなれば、まったく我らの耳に届かぬ」

水野河内守と井上筑後守が首を左右に振った。

「のう、あのまま国元で黙っていると思うか」

「堀田加賀守さまのお指図ぞ」

老中堀田加賀守正盛は、もっとも長く家光の寵愛を受けていた。

「せっかく得た寵愛を奪われて、黙っているほど刑部少輔は気弱ではなかろう」

「そうじゃの。あやつの公方さまへの思いは尋常ではなかったな」

井上筑後守と水野河内守が顔を見合わせた。

「ついでに見させるか」

「むうう」

「下手に触らぬほうがよいのではないか」

秋山修理亮の提案に水野河内守が唸り、井上筑後守が難しい顔をした。

「寵臣《ちょうしん》のもめ事には手出しせぬが吉か」

小さく息を吐いて、秋山修理亮が立ちあがった。

「指図を出してくる」

秋山修理亮が芙蓉の間から出た。

第三章　無理難題

一

約束通り十日後に武藤大作《むとうだいさく》が迎えに来た。

「ほな、行きまひょか」

あっさりと一夜《かずや》が腰を上げた。

「水と女には気いつけや。どちらも中《あた》るからな」

淡海屋七右衛門《おうみやしちえもん》が手を振った。

「よろしいのか。当分、大坂へ戻って来ることは叶《かな》いませぬぞ」

淡々とした祖父と孫の別れに、武藤大作が目を剝《む》いた。

「男の子はいつか巣立つものでございますよ」

「外つ国《とくに》に行くわけでもないしなあ」

祖父と孫が顔を見合わせて笑った。

「……では」

あきれた顔を一瞬見せた武藤大作が、一夜の前に立った。

「達者でな、お爺《じい》はん」

「曾孫《ひまご》の顔を見るまで死ねんわ」

もう一度一夜と淡海屋七右衛門が別れを交わした。

「参りまする」

武藤大作が歩き出した。

「ああ、武藤はん」

一夜が止めた。

「お忘れ物でも」

「真っ直《ます》ぐ江戸へ向かうのはなしや」

振り向いた武藤大作に、一夜が首を横に振った。

「どこか寄られたいところでも……殿はお急ぎでございますが」

寄り道は駄目だと武藤大作が眉間にしわを寄せた。

「柳生《やぎゅう》の庄に行きたいねん」

「……いずれ行っていただくことになりますが」

求めた一夜に、武藤大作が首をかしげた。

「江戸へ行って殿さまにあいさつして、国元をどうにかせいと言われて、柳生へ向かって、現地を見て、どうすればええかを考えて、江戸の殿さまへ提案を出して、お許しを得てから、藩政に入る。どんだけ無駄な手間やねん。行く途中でちょいと寄って、柳生の状況を見て、対策を練ってから殿さまに会《お》うて、こうするほうがええと思いますと提案したほうが、東海道を往復するぶんの手間がなくなるやろ」

「それは……」

武藤大作が一夜の言い分に逡巡《しゅんじゅん》した。

「殿さまの命に従うだけが、家臣やないで。言われたことだけをするのは、丁稚《でっち》や。失敗を怖れるだけのな」

一夜が武藤大作を見た。

「責任は、わいが取る。行くで」

一夜が武藤大作を誘って歩き出した。

「あっ」

あわてて武藤大作が後を追った。

大和《やまと》街道は平野《ひらの》から八尾《やお》を通り、暗 峠《くらがりとうげ》をこえて大和へ入る。

「えっ」

河内《かわち》の郷《さと》八尾村へ入った一夜が目を剝いた。

八尾街道沿いに広大な屋敷を持つ郷の物持ち安井《やすい》家の門前で、信濃屋《しなのや》の三姉妹が待っていた。

「先日は、十分なおもてなしもいたしませず」

長女の永和《とわ》が代表して頭を下げた。

「いや、こちらこそ、馳走《ちそう》になりまして……」

思わず普通の対応を一夜は返した。

「この者たちは」

武藤大作が怪訝《けげん》な顔で一夜に尋ねた。

「知り合いですわ」

詳細な説明を一夜は省いた。

「………」

適当にあしらわれた武藤大作が憮然《ぶぜん》としたが、一夜はそれを無視した。

「どうしてここに」

一夜が永和に問うた。

「こちらを通られると思いまして、お見送りに」

永和が答えた。

「東海道を通るとは思われなかったので」

「そのていどのお方でしたら、お見送りする意味はおへん」

須乃《すの》が首を横に振った。

「柳生さまのご領地は大和。大坂から江戸へ行く途中ですやん」

末娘の衣津《いつ》が続けた。

「なるほど。無駄を嫌うかどうかを試されたんですな、わたしは」

理解した一夜が苦笑した。

「一夜どの、お話しいただきたい」

武藤大作が声を険しくして、説明を求めた。

「商いでなにが一番あかんか、おわかりですかいな」

「損を出すことでございましょう」

一夜に訊《き》かれた武藤大作が言った。

「それもあきまへんけどな、損して得取れということわざもおますねん。今は損でも、一年先、二年先に儲《もう》けになって返ってくる。それは商いとして成功になります」

「では、なにがいかぬと」

「無駄ですわ」

苛立《いらだ》ちを見せた武藤大作に一夜が述べた。

「無駄……」

「さいです。金の無駄、人の無駄、そしてときの無駄。これらが一番あきまへん。金の無駄は言わんでもわかりますやろ。なんの成果も出さない金を遣っては、商いはやっていけまへん。ああ、遊びに金を遣うのは一概に無駄ではおまへんで。遊ぶことで気分を新たにして、商いに取り組めば、ええ結果が出ます。そうでない遊びは無駄遣いになります。人の無駄は、適材適所やないことですわ。剣術の達人に算盤《そろばん》を持たせ、筆の立つ者に弓をさせる。これも無駄でっしゃろ。そしてときの無駄。これがなにより悪い」

一夜が説明を続けた。

「ときはもっとも無駄にしたらあかんもんです。なにせ、ときは戻りまへん。無駄金は稼げば補塡できますし、人は配置を変えればすみます。しかし、ときはあきまへん。

人の一生は多少の前後があっても六十年ほど。無駄なときを過ごしたら、確実に減りますし、無駄を取り戻そうとがむしゃらに働いたら、身体《からだ》を壊し、余計ときを潰します」

「はい」

「よくおわかりで」

「さすがですわ」

語った一夜に永和、須乃、衣津がうなずいた。

「なるほど。それで柳生の庄へと」

武藤大作が感心した。

「お見事でございます」

永和が感心した。

「では、お気を付けておいでくださいませ」

「お帰りをお待ちしております」

三姉妹が一礼した後、顔をあげて笑いかけた。

「お待ち、ですか」

「はい。信濃屋とわたくしを預けられるお方は、そうそうおられませんので」

なんとも言えない顔をした一夜に、永和が告げた。

「できましたら二年くらいでお戻りいただきますよう」

「そうや」

永和と須乃が条件を付けた。

「わたしやったら、五年は待てるし」

衣津が若さを誇った。

「できるだけ気張りますけどな」

一夜がため息を吐《つ》いた。

「なんのお話でございますか」

「行きますで」

問うた武藤大作の背中を、一夜は押した。

「…………」

三人姉妹が揃《そろ》って、頭を下げた。

少し進んだところで、一夜がため息を吐いた。

「やられたなあ」

「どういうことでございますか」

思わず独り言を漏らした一夜に武藤大作が尋ねた。

「目付けられたたちゅうことで」

「誰に」

「さきほどの娘はんたちに」

武藤大作の質問に、一夜は答えた。

「目を付けられた……」

「ようは入り婿になれっちゅうことですな」

まだわかっていない武藤大作に一夜が述べた。

「入り婿……商家の婿などになれるはずはございません。あなたは柳生家のお血筋でございますぞ」

「二十年そんな話はなかったけど」

「それは、殿にもご都合が」

冷たい目で見られた武藤大作が蒼白《そうはく》になった。

「…………」

一夜は武藤大作との会話を切って、振り向いた。

「まだ見送ってくれているか」

豆粒ほどになっているが、三姉妹の姿は確認できた。

「大坂へ帰る理由が一つ増えたわ」

口のなかで一夜が呟《つぶや》いた。

二

柳生の庄は大和と伊賀《いが》の国境《くにざかい》に近い。奈良《なら》の町を抜け、名張《なばり》へと向かう山道を二里半（約十キロメートル）ほど進んだ水間《みま》村を出て左へ、そこから曲がりくねった山道を二里ほど行けば着く。

「やっとかあ」

朝早くに奈良を出た一夜が、柳生の村を見下ろす峠で足を止め、腰を伸ばした。

「なかなか健脚でございますな」

日が暮れる前に柳生の庄に着けたことを、武藤大作が感心した。

「荷を担いで歩き回るのが、商人の原点やからな」

荒い息を吐きながら、一夜が嘯《うそぶ》いた。

「ですが、まだまだでございますな。柳生の家中《かちゅう》は、奈良からここまで二刻（約四時間）もかからず参りますぞ」

「そういうのは、御免蒙《こうむ》るわ」

言った武藤大作に一夜がひらひらと手を振った。

「では、参りましょう。あそこに見えている陣屋まで行けば、休めまする」

「陣屋って……あれがか」

武藤大作の示した先を見た一夜が啞然とした。

「いたしかたございますまい。先日大名になったばかりで、そうそう城や陣屋が用意できるわけでもございませぬ。あれは大庄屋の屋敷であったのを、借り上げたものでござる」

武藤大作が説明した。

「それもそうやな。まだ、大名になって三十日も経《た》ってないし。もともと旗本で江戸で過ごしていたなら、当然か」

一夜が納得した。

「よし、明日は領内を回るで」

陣屋代わりの屋敷に入って一夜は宣した。

柳生の庄には、柳生新陰流《しんかげりゅう》の道場があった。それこそ陸奥《みちのく》から九州にいたる各地から、柳生流の神髄に触れようと願う者が常時数十人以上集まって、早朝から稽古をしていた。

「きええええ」

「りゃあ」

「おう、おう、おう」

日が昇る前から、柳生の庄に気合い声が響く。

「な、なんやあ」

旅の疲れから熟睡していた一夜が、あまりのうるささに目覚めた。

「……剣術の稽古かいな。かなんなあ」

その声の意味に、気づいた。

「もうちょっと寝たいとこやけど、このやかましさでは寝られへんなあ」

あきらめて一夜は起きた。

「……天気は良さそうや。回れるだけ回ってしまおう。山の天気はいつどうなるか、わからんさかいな」

一夜が今日の予定を立てた。

「お目覚めでござろうか」

独り言が聞こえたのか、武藤大作が襖《ふすま》の外から声をかけた。

「どうぞ、開けておくれや」

一夜が応じた。

「御免」

襖が開いて、武藤大作が顔を見せた。

「お早いお目覚めでございますな」

「起こされたんやけどな」

感心した武藤大作に、一夜が苦笑した。

「こちらへ、井戸へご案内いたしましょうぞ」

顔を洗えと武藤大作が一夜を外にある井戸へと連れていった。

「……冷たいなあ。まだ九月やというに、これだけ冷えるということは、稲の生《な》りは悪そうや」

水で顔を洗った一夜が、感想を漏らした。

「とりあえず、飯と弁当や」

一夜が顔を拭いた。

朝食は五分づきの米に麦を混ぜたものと塩漬けの菜、糠味噌《ぬかみそ》の汁だけであった。

「いつもこれかいな」

一夜が給仕をしてくれている老爺《ろうや》に尋ねた。

「へえ。ご家中さまは皆様それで。わたいらは米抜きの麦飯と汁ですけど」

「そうか」

老爺の答えに一夜が応じた。

「ごちそうさん」

きれいに膳の上を片付けた一夜が箸を置いた。

「誰ぞ、領内に詳しい者《もん》を連れてきてえな」

「ご家中さまで」

「いや、できたら村の者がええな」

国元の家臣を呼ぼうかと言った老爺に、一夜が首を横に振った。

「それやったら、わたいでよろしいやろか」

老爺が名乗りを挙げた。

「助かるわ。おまはん、名前は」

「作蔵《さくぞう》で」

「淡海一夜や」

名前を言った作蔵に一夜が名乗り返した。

「淡海……」

作蔵が怪訝な顔をした。

「若君さまだと伺うておりましたけど……」

「なんや、もう報《しら》せてあるんかいな。一応、そうらしいねんけどな。なんせ殿さまに会ったことさえないからな。勝手に柳生の名前を口にするのもようないやろ」

恐る恐る尋ねてくる作蔵に、一夜が述べた。

「へえ」

作蔵がうなずいた。

「ほな、まず領内の案内を頼むわ。まずは柳生の本領やった添上郡《そえかみ》から行こか。日が暮れる前に帰ってきたいし」

矢立《やたて》と紙の束を用意した一夜が作蔵を急《せ》かした。

陣屋の前の坂道を下ると、広い街道に出る。

「えらいええ道やな」

「伊勢《いせ》本街道ですわ」

感心する一夜に作蔵が告げた。

「伊勢街道かいな。どこから伊勢へ繋《つな》がる道や。この先となると、近江《おうみ》か、京か。東海道へ続いてるんやな」

一夜が興奮した。

「いいえ。木津《きづ》で西へ曲がって、奈良の都へ向かいますねん」

作蔵が首を横に振った。

「……そうかあ。東海道に繋がっているんやったら、人の往来に期待できるかと思うたんやけどなあ」

一夜が落胆した。

「とりあえず、北へ」

「頼むわ」

伊勢本街道を作蔵が歩き出した。

作蔵の案内で、ゆっくりと柳生の庄を見学している一夜を東の丘から、柳生十兵《じゅうべ》衛《え》が見下ろしていた。

「あれが、弟か」

「さようでございまする」

柳生十兵衛の確認に応じたのは、武藤大作であった。

「隙だらけというか、まったく身体ができていないではないか」

つま先で歩くのではなく、足全体を上げるようにして動く一夜の姿に、柳生十兵衛があきれた。

「商人の子供として育って参りましたので、いたしかたないかと」

武藤大作が仕方ないと述べた。

「それにしても酷《ひど》いな。あれが、吾《われ》と同じ血を引いているとは思いたくない」

露骨に柳生十兵衛が頬をゆがめた。

「…………」

主家の血筋に関することだけに、武藤大作が賢明にも沈黙を守った。

「あれをそのまま父の前に出せるか」

「若さま……」

腹立たしげな柳生十兵衛に、武藤大作が顔色を変えた。

「殿が江戸でお待ちでございまする。あまりときをかけるわけには参りませぬ」

柳生但馬守《たじまのかみ》の要望を口にして、武藤大作が柳生十兵衛を抑えにかかった。

「少しくらいならば、父もなにも言わぬ。旅にはいろいろなことがあるからな。予想通りにいかぬものだ」

柳生十兵衛が鼻で嗤《わら》った。


一里(約四キロメートル)も行かないで、街道は山に沿って左折した。

「平地がなさすぎる」

そこまで歩いた一夜がため息を吐いた。

「これで二千石もあるんかいな」

一夜が振り向いて柳生の庄を見た。

柳生の庄は東を流れる打滝川《うちたき》に貼りつくような南北にのびる盆地である。盆地とはいえ、もっとも幅広いところで四町(約四百四十メートル)もない狭隘《きようあい》なもので、山の隙間といったほうが正しいくらいであった。

「もうちょっとおますで」

作蔵が言った。

「隠し田かいな」

すぐに一夜が思いあたった。

もともと松永久秀《まつながひさひで》の家臣であった柳生家は、主家の滅亡に巻きこまれず生き延びたが、豊臣秀吉《とよとみひでよし》によって一度潰されている。

太閤《たいこう》検地の結果、隠し田が見つけられてしまったのだ。

「ふざけたまねをする」

京に近い大和で豊臣秀吉の指図に従わない者がいる。これは天下人たる豊臣秀吉の名前を軽く見たに等しい。

怒った豊臣秀吉は柳生家を取りつぶした。

「己も貧しい百姓の出であろうが。どれだけ隠し田が小身者にとって大事かくらいわかっておろうに」

牢人《ろうにん》となった柳生石舟斎《せきしゅうさい》、宗矩《むねのり》親子が憤懣《ふんまん》を覚えたのは当然であり、それが関ヶ原《せきはら》の戦いで、柳生が徳川《とくがわ》家に付く端緒となった。

関ヶ原に陣を張った徳川家康《いえやす》のもとへ伺候した柳生石舟斎は、その指示で大和へ戻り、豊臣家に不満を持つ国人《こくじん》たちを集めて、騒動を起こした。

関ヶ原へ出陣した石田三成《いしだみつなり》の領土は近江であり、その近辺を不穏にすることで、徳川家康の助けとなしたのだ。

それが勝利をもたらしたとはいえないが、戦後柳生家は旧領を徳川家康から返してもらった。

「旧領を与える」


「恩讐《おんしゅう》の地かいな」

一夜が眉間にしわを寄せた。

「思い入れのある土地はいじりたがらんやろうなあ」

「……………」

嘆く一夜に作蔵がなにかを言いたそうな顔をした。

「なにかあるんか」

「米が喰《く》えるようになるなら……」

促した一夜に、作蔵が小声で告げた。

「そうやわなあ。まずいもんな、麦飯は」

一夜が同意した。

「水は足りてるんか」

踵《きびす》を返して陣屋へ戻りながら、一夜が左手の山を見た。

「雨はよう降りますよって」

「天気頼みか、ちいと厳しいな」

一夜が首をひねった。

「ちょっと見て来よう」

山へ向かう小道へ曲がった一夜は、林のなかに小さな田圃《たんぼ》が設けられているのを見つけた。

「これか」

「へえ」

隠し田やと問うた一夜に、作蔵が首肯した。

「全部でどれくらいある」

「ようわかりまへんけど、百石はこえているかと」

「百かあ、焼け石に水やな」

一夜が嘆息した。

「他の領地はどうや」

戻りながら一夜が尋ねた。

「よう似たもんですわ」

「ふむう」

作蔵の言葉に、一夜はうなった。

「今年はまあ、なんとかなるか。問題は来年からや」

一夜が難しい顔をした。

三

陣屋へ帰ろうとしていた一夜の前に、筋骨たくましい男が立ち塞がった。

「あんたはんは……」

一夜が驚いた。

「柳生十兵衛三厳《みつよし》である」

男が胸を張った。

「嫡男さまですか。わたくしは淡海一夜でございまする」

すっと一夜が口調を変えた。

「弟だな」

「……たぶんですが」

訊かれた一夜があいまいな返答をした。

「なぜ、断言せぬ」

はっきりしない一夜に柳生十兵衛が怒った。

「なにせ証拠となるようなものや書付などもございませんし、柳生さまとお会いしたこともございませんので」

作蔵に言ったのと同じような言いわけを口にした一夜が面倒くさそうな顔をした。

「母から聞いてはおらぬのか」

「あいにく、母はわたくしが三歳のおりに亡くなりましたので」

聞いていないとは言わず、一夜が首を横に振った。

「大作、まちがいではないのか」

柳生十兵衛が、後ろに控えていた武藤大作に確認した。

「こちらのお方が、大坂の唐物問屋淡海屋七右衛門どのの孫であられることは確かでございまする」

武藤大作も柳生但馬守の庶子だとは断言しなかった。

「ならば、弟であろう」

「江戸のお殿さまが宣されるまで、それはちょっと」

一夜が逃げた。

「ふん」

気に入らないのか、柳生十兵衛が鼻を鳴らした。

「そなたは世に出たいとは思わぬのか」

「もう出ておりますが。淡海屋の跡取りとして、大坂では認められておりまする」

不満をぶつけてくる柳生十兵衛に、一夜が首をかしげて見せた。

「商人など、世に出るとは言わぬ。男子ならば武士として名をあげることこそ、本懐である」

柳生十兵衛が力強く言った。

「…………」

一夜は反応をしなかった。

「腕を出してみろ」

「はあ」

言われて一夜が右腕をあげた。

「……なんだこれは、肉がついておらぬ」

一夜の腕をつかんだ柳生十兵衛が驚いた。

「このような細腕で柳生を名乗るなど論外じゃ。鍛えてくれる。道場まで、ついて参れ」

　あきれた柳生十兵衛が、一夜に命じて背を向けた。

「すいませんが、わたくしにはせねばならぬことがございまする。またの機会でお願いいたしまする」

　一夜はその場で拒んだ。

「しなければならないことだと」

　首だけで柳生十兵衛が、振り向いた。

「柳生の庄をどうするかを殿にご提案申さねばなりませぬ。そのための献策を認《したた》めたいと思いまする」

「献策か、そのようなことせずとも柳生は困らぬ。柳生は将軍家剣術指南役である。なにがあっても、御上《おかみ》がお助けくださる」

　藩政改革を口にした一夜に、柳生十兵衛が言い放った。

「…………」

　一夜が唖然とした。

「それにいざとなれば……」

　感情のこもらない目で柳生十兵衛が柳生道場の上に建つ屋敷を見上げた。

「……とにかく、柳生は末代まで安泰である。領内を弄《いじく》るなど不要じゃ」

柳生十兵衛がもう一度改革を否定した。

「あちらにどなたが……」

「今は知らずともよい。来い」

尋ねようとした一夜の腕をつかんで、柳生十兵衛が引っ張った。

「長旅で疲れておりまする。お稽古は後日で」

「くたびれているから見逃してやると、敵が言ってくれるか。常在戦場こそ、柳生家の信条である」

理由をつけて断ろうとした一夜を、柳生十兵衛が叱った。

「ですが……」

「つべこべ申すな」

抵抗もむなしく、一夜は道場へ連れこまれた。

柳生の道場は放浪に出て十年となった柳生十兵衛が一度国元へ戻ったときに、作ったもので質素なたたずまいであった。

茅葺《かやぶ》き屋根に土壁、かろうじて板を敷いている床も隙間だらけで、冬ともなると凍るように冷える。さらに道場はさほど広くないため、大勢の弟子や武者修業の者が入りきらず、道場前の地面で稽古することのほうが多いという有様であった。

「一同、少し開けてくれ」

柳生十兵衛が道場のなかへ入って、稽古をしている者たちに頼んだ。

「はっ」

道場主に言われた弟子たちが稽古を止《や》めて、道場の中央を大きく開けた。

「誰ぞ、こやつに木剣を貸してやれ」

「どうぞ」

一夜を指さした柳生十兵衛に従って、弟子の一人が木剣を差し出した。

「…………」

一夜が受け取らずに、柳生十兵衛を見た。

「無手でよいのか」

柳生十兵衛が冷たい目で言った。

「……お借りいたしまする」

止める気はないと理解した一夜は、木剣を受け取った。少しでも身を守るものが欲しくなったのだ。

「吾はこれで相手をしよう」

道場の片隅に転がっていた折れ弓を柳生十兵衛が拾い上げた。

「武藤はん、これ、ええんか。わい江戸へ行かなあかんねんやろ」

思わず素で一夜が問うた。

「お止め申しましたが……柳生の庄では、殿よりも若のほうが……」

武藤大作が無力そうに頭《こうべ》を垂れた。

「阿呆《あほ》か。これからの時代、剣で解決なんぞ通らへんぞ。戦はこの世から排除されたんや。代わるのは政《まつりごと》や。政をどれだけうまくするかで、大名の価値が決まるちゅうねん」

一夜が絶句した。

「それが、そなたの本質か」

柳生十兵衛が一夜の前に立っていた。

「剣が無力だと申したな。ならば、その身で本当に無力かどうかを味わうがいい」

「……聞く耳持ってへんな」

一夜があきらめた。

「言うとくけど、生まれてこの方、剣なんぞ持ったこともないで。そんな子供みたいなんを相手に、本気でやるような大人げないまねはせんやろう」

「剣術遣いは、いつでも全身全霊をもって、挑むもの」

手加減してくれと言った一夜を、柳生十兵衛が無慈悲に拒んだ。

「そうか、ほなら」

一夜が見よう見まねで木剣を構えた。

「手が逆、逆でございまする」

武藤大作があわてて、一夜のもとへ駆けつけて手直しをした。

「おい、あれはなんだ」

「どうみても剣を使ったことなどないぞ」

「その相手を十兵衛さまがなさるのか」

弟子たちが不審の声を漏らした。

「鎮まれ」

柳生十兵衛が一言で、それらを黙らせた。

「さあ、来い。弟よ」

「弟……」

「誰だ、見たことないぞ」

柳生十兵衛の一言に、またぞろ弟子たちがざわついた。

「まったく、見世物やな」

武藤大作に握りかたと足の踏み出しかたを教えてもらった一夜が吐き捨てた。

「嫌がらせしやがって」

一夜は柳生十兵衛がわざと道場へ連れこみ、弟と呼んだと気づいていた。

「どうした、かかってこい。そなたも柳生の血を引く者なれば、剣を使ったことがなくとも、自然と動けよう」

「……………」

柳生十兵衛の挑発を無視して、一夜が間合いを開けた。

「どうした、それでは届かぬぞ」

逃げたと見た柳生十兵衛が一夜が下がったぶん、前に出た。

「……………」

もう一度一夜は下がった。

「なにをしておる。そのような覚悟で、柳生の一族に入れるものか。柳生は自らの手で領地を奪ってきたのだぞ。父も大坂の陣では豊臣の兵たちを秀忠《ひでただ》さまの御前で七人斬り伏せている」

「おまえはどうなんだよ」

口のなかで罵りながら、さらに一夜は間合いを開けた。

「いい加減にせよ」

やはり今度も柳生十兵衛が詰めてきた。

「…………」

木剣を握りながら、一夜が動きを止めた。

「どうしても来られぬというならば、吾が行くしかないの」

柳生十兵衛が一気に間合いを消した。

「しゃあ」

勢いに乗った折れ弓が、一夜の横鬢《よこびん》を狙った。

「……あつっ」

それを一夜は横に倒れながらかわした。

「なにっ」

「まさかっ」

柳生十兵衛が固まり、武藤大作が驚愕《きょうがく》した。

「見えたか」

「いや」

弟子たちが、柳生十兵衛の動きについて行けず、唖然としていた。

「……ふう」

皆が驚いている間に、一夜が床を転がって離れると、木剣を放り出して道場から逃げ出した。

「あっ」

「一夜どの」

ようやく気づいた柳生十兵衛を残し、武藤大作が慌てて一夜の後を追った。

「……どうやって躱《かわ》した。偶然か」

柳生十兵衛が眉間にしわを寄せて、考えこんだ。

「あやつに見えていたはずはない」

飛燕《ひえん》と称されるほど柳生十兵衛の動きは疾《はや》い。ちょっとした剣術遣いていどならば、なにもさせずに終わらせる。その柳生十兵衛の一撃を、殺さないように手加減したとはいえ、一夜がかわした。

「どうみても、剣術の素養はない。そのあやつに……これはどうしても話を聞かねばならぬな」

柳生十兵衛が目をすがめた。

四

徳川に対する謀叛《むほん》を防ぐために、設けられたのが惣目付《そうめつけ》であった。

もちろん、それは正しいのだが、誰もそれを信用してはいなかった。

惣目付は徳川に刃向かうだけの力を持った外様大名を潰す、領地を削る、先祖伝来の土地から切り離すといった弱体化のためにあると考えられていた。

当然、江戸城の芙蓉《ふよう》の間にどっしりと座っているだけでは、お役目は果たせなかった。いや、動き回ったところで、五人もいない惣目付では三百をこえる諸侯を監視できない。

そこで惣目付には手足になる忍《しのび》として甲賀者《こうかもの》が与えられていた。

「望月《もちづき》」

秋山修理亮《あきやましゆりのすけ》が、甲賀百人番所へと入った。

甲賀百人番所は、江戸城大手門を入ってすぐの左側にあり、登下城する大名、幕府役人が絶えず行き来する。それがかえって、秋山修理亮の行動を目立たなくしていた。

「修理亮さま」

甲賀与力を取りまとめる組頭望月土佐《とさ》が、片膝を突いて低くなった。

「お役目じゃ」

「はっ」

望月土佐が、頭を垂れて傾聴の姿勢を取った。

「柳生但馬守が惣目付の任から外されたのは知っておるな」

「存じております。柳生さまも監察されることになったと」

秋山修理亮の求める答えを望月土佐が返した。

「うむ。ところで、但馬守に認知されていない庶子がおることはどうじゃ」

「確認をいたしております。が、商人であるとわかりましたゆえ、目は離しておりまする」

知ってはいるが、監視はしていないと望月土佐が告げた。

「それはよい。人手が足りぬことはわかっておる」

望月土佐の対応を、秋山修理亮が認めた。

「その者がいかがいたしました」

「大名になったのを機に、但馬守が召し出したようじゃ」

尋ねた望月土佐に秋山修理亮が答えた。

「…………」

望月土佐が沈黙した。

「一門として迎え入れた者が、失態を犯せば……」

「どのような失態を」

秋山修理亮の望みを望月土佐が訊いた。

「大坂の商人となると……天下転覆の企《たくら》みは無理か」

「さすがに」

望月土佐が秋山修理亮の口から出た願いを否定した。

商人は世情が安定していてこそ稼げる。たしかに軍勢についてまわり、足りなくなった兵糧や、酒や煙草《たばこ》などを高価で売りつければ、儲かる。しかし、これは、お得意先の軍勢が負けて逃げ出せば、それで終わる。どころか、下手をするとお得意先が賊に早変わりして、身ぐるみ剝がされたうえで、殺されるということもある。

うまくいけば儲けは大きい。が、一つまちがえば命も失う。

商いは一種の博打《ばくち》ではあるが、損をしたところで取り返せる範囲ですべきなのだ。取り返しの付かない命を賭けるようになれば、それはもう商いとは言えなくなる。

安心してものの遣《や》り取りをしてこそ、商いは成りたつ。一回で大儲けもいいが、小商いを繰り返して利を重ねていくのが本道であった。

「商人は戦乱を嫌う」

「はい」

秋山修理亮の言葉に望月土佐が首肯した。

「謀叛は駄目か。それならば、一撃ですんだのだが……」

武士の連座は家族どころか家臣にも及ぶ。それが謀叛という重罪になれば、族滅は避けられなかった。

「商人を召し抱えるとなれば、勘定のことでございましょう」

「そうであろう」

望月土佐の確認を秋山修理亮が認めた。

「新田開発……」

「できるのか」

呟くように言った望月土佐に、秋山修理亮が身を乗り出した。

「……あの柳生の庄では大規模なものは難しいかと」

望月土佐が首を左右に振った。

甲賀も柳生の庄と近い。どちらかといえば、伊賀が柳生と親しいため、甲賀はさほど行き来はしていないが、それでも交流はある。望月土佐は柳生の庄のことをあるていど知っていた。

「千石は無理か」

「まず」

問うた秋山修理亮に、望月土佐が首を左右に振った。

「それくらい新田を開発してくれれば、隠し田だと騒ぐこともできるが……」

残念そうに秋山修理亮がため息を吐いた。

新田の開発は、幕府によって認められている。ただし、開拓を終えた段階で届け出を出し、高直しを受ければの話である。

一年も二年も新田開発を届け出ていなければ、それは隠し田として罪になった。

隠し田が罪になるのは、その年貢を裏金に回せるというのも一つだが、軍役をごまかしているというのがより問題になった。

武士はご恩と奉公がその根本である。主君から禄《ろく》あるいは知行地を与えられる代わりに忠義を尽くす。

この忠義が軍役であった。主君がどこかと戦を起こすときに、あらかじめ決められただけの武士や小者《こもの》を引き連れて参加しなければならないのが軍役であり、これは石高によって変わった。

石高が増えるほど、動員する人数は増える。隠し田が増える理由がこれであった。人を雇えば金が要る。新田開発で石高が多くなったならば、それに合わせて家臣を増やさなければならない。

人が増えれば、金がかかる。せっかく新田を開発しても、その分家臣や小者を雇っては、せっかく増えた収入が減る。

極端な話、新田を開発するためにかかった費用と、新しく召し抱えた者への禄や手当を合わせれば、なにもしなかったほうがましということにもなりかねない。

「新田開発で責めるわけにはいかぬか……」

「修理亮さま」

「なんじゃ」

身分が違う。なにかを思いついたところで、いきなり口にするわけにはいかなかった。まずは、話をしていいかどうかの許可を取らなければならなかった。

「今一度、その人物を確かめさせていただけませぬか」

「ふむう。それもそうだな。あまりときをかけるわけにはいかんぞ。今は、大名になったことで浮かれていても、あの但馬守じゃ。すぐに守りを固めようほどにな」

「わかりましてございまする」

秋山修理亮の督促を望月土佐が承諾した。


甲賀と伊賀は、ともに忍を生んだ土地であり、ほぼ隣同士といってもいいほど近いが、その形態は大きく違っていた。

同じ山間《やまあい》でありながら、甲賀が琵琶湖《びわこ》と東海道を抱え、流通の中心地である近江の国の一部であったのに比して、伊賀は国として独立していたが、交通路としての重要度が低い。

結果、甲賀は近江を支配する大名の配下として組み入れられ、伊賀は庇護《ひご》してくれる大名が出て来なかった。

そのためか、甲賀は固まって動き、伊賀は個で動く形になった。

「集まれ」

百人番所を出て、組屋敷に戻った望月土佐が、非番の甲賀者を集めた。

「惣目付秋山修理亮さまより、お指図があった」

望月土佐が揃った配下たちを見回した。

「組頭、どこへ行けと。薩摩《さつま》でございましょうか、伊達《だて》でございましょうか」

配下の甲賀者が訊いてきた。

「どこでも行くぞ」

別の甲賀者が気迫を見せた。

「伊賀でなければなどと、二度と言わせぬ」

集まっている甲賀者が興奮した。

長く戦国大名六角《ろっかく》氏の配下であった甲賀衆は、諜略というよりも衆をたのんでの破壊工作、戦場攪乱《かくらん》、味方の撤退の援護などを得意としてきた。対して、一人で動くことの多い伊賀者は、個々の技量を誇ってきた。端《はな》から忍としての性質が違うのだが天下泰平となったことで、忍は忍とひとくくりにされるようになった。

集団で乱破《らっぱ》としての働きをすることはなくなり、外様大名の城下に忍び、その内情を調べて幕府へ送る仕事が主になる。

「伊賀者は使える」

となれば、侵入、探索に長《た》けた伊賀者の評価が上がるのは当然であった。

そのため、隠密として使い勝手のいい伊賀者は将軍や老中たちの手足となり、余った甲賀者は惣目付の指揮を受けることになった。

「残念だが、薩摩でも伊達でもない」

「…………」

首を振った望月土佐に、甲賀者たちの興奮が醒《さ》めかけた。

「それなど比べものにならぬ難しい地である」

「薩摩以上の……」

望月土佐の言葉に、甲賀者が首をかしげた。

「柳生の庄だ」

「うっ」

「そんな……」

告げた望月土佐に、甲賀者たちが絶句した。

「柳生の庄に行き、大坂から来た柳生但馬守さまの庶子を探し、そのすべてを調べあげろ」

「すべてとは」

「朝はいつ起き、朝餉《あさげ》になにを喰い、昼はなにをし、夜はどのように過ごしているか。抱いた女の容姿、一夜の間に何度精を放ったかまでだ」

詳細を要求した配下の甲賀者に、望月土佐が指示した。

「張りつけと」

「そうだ」

「柳生但馬守さまのご子息となれば、かなり遣われるはず。となればいささか困難な任になりますな」

「その点は大丈夫だ。かつて大坂にいたころ、一度確認している。その庶子さまは剣術どころか、武術の類をまったく学んではいない。できるのは、算盤だけだ」

「ならば簡単でございますな」

望月土佐の話に配下の甲賀者が安堵《あんど》した。

「馬鹿か、横川《よこかわ》」

「……なにが」

「場所を考えろ。伊賀者がうろつき、新陰流を学ぶ剣術遣いどもがいる柳生の庄ぞ。気を抜いていれば、庶子さまの顔を見る前に命を失うぞ」

「…………」

叱られた横川と呼ばれた甲賀者は息を呑《の》んだ。

「気合いが入っただろう。横川、曾根《そね》、山岡《やまおか》、お前たちで行け。田山《たやま》、新藤《しんどう》、二人は後詰めだ」

「承知」

「承った」

望月土佐の命に、五人が首を縦に振った。

五

柳生但馬守は暇をもてあましていた。

惣目付を解かれたうえ、将軍家の剣術指南役はほとんどお呼びがない。一応、毎日登城し、いつ将軍家光《いえみつ》からの召し出しがあっても応じられるように控えてはいる。しかし、家光はもともと剣術や槍《やり》、弓などの武術鍛錬を好んではいない。思いついたように二カ月か三カ月に一度声がかかるていどでしかないのだ。

「本日もお呼びはなかったか」

将軍の一日は概《おおむ》ね夕七つ（午後四時ごろ）に終わる。この後は、気に入りの家臣たちと雑談をしたり、将棋囲碁を楽しんだり、早々と風呂夕餉をすませて、寵童《ちょうどう》を閨《ねや》に侍《はべ》らせるかになる。

菊の間に詰めている譜代大名たちも、そのほとんどが下城した。

「そろそろ出るか」

柳生但馬守も腰を上げた。

「但馬守さまは、お出《い》でてでございまするか」

開けようとした襖の向こうから、城中の雑用係ともいうべきお城坊主の声がした。

「おる。今、開けるぞ」

お城坊主にさせると、今一度座りなおさなければならない。その面倒を嫌った柳生但馬守が、襖を開いた。

「下城しようと思っていたのだ」

なぜ決められた席ではなく、襖際にいたのかを柳生但馬守が告げた。

礼儀のうるさい城中で、決まりに反した行為は非難の対象になる。

「さようでございましたか。それはよろしゅうございました。公方《くぼう》さまがお召しでございまする」

間に合ったとお城坊主が安堵した。

「公方さまが……それはいかぬ。ただちに参上つかまつらん」

柳生但馬守も表情を厳しいものにした。

一応、下城時刻は過ぎていた。いなかったからといってそれを理由に咎《とが》め立てられることはないが、人の好き嫌いの激しい家光である。後日どのような嫌がらせをしてくるかわからない。

走ることを禁じられている城中を柳生但馬守が急ぎ足で御座の間へと向かった。

「参ったか」

「お呼びと伺いましてございまする」

御座の間下段で平伏した柳生但馬守に家光が声をかけた。

「うむ。近うよれ」

家光が手にしていた扇子で、柳生但馬守を招いた。

「ははっ」

柳生但馬守がその場でにじるようなまねをした。

「遠慮は要らぬ」

もう一度家光が言い、柳生但馬守が同じまねを繰り返した。

「参れ」

「ご無礼を仕《つかまつ》りまする」

儀式を三度繰り返し、四度目でようやく柳生但馬守は御座の間上段襖際まで膝行《しっこう》した。

この無駄な行為も礼儀であった。

呼ばれたので近づきたいと思いますが、ご威光がまぶしくて進めませんと畏《おそ》れ入って見せる。これで将軍は神のような神々しいお方でございまするすると敬意を表すのだ。

どう考えても無駄で、戦場でこのようなまねをしていたら勝てるはずもない馬鹿げた行為だが、一時将軍候補から外されそうになって家臣たちからの崇敬を失った家光は、かならずこれを要求した。

「もう少し、近づけ」

扇子の要で、家光が上段の間中央を指した。

「畏れ多いことでございまするが」

儀式はすんでいる。今度はすんなりと柳生但馬守は前進した。

「大名の座はどうじゃ」

平伏しなおした柳生但馬守に、家光が問うた。

「かたじけなきご厚恩、身にあまる光栄とは存じまするが……公方さまへのご奉公が足りなくなり、暇をもてあましておりまする」

「そうか、躬《み》のために働けず、暇か」

柳生但馬守の言上に、家光が満足そうな顔をした。

「では、暇つぶしをさせてやろう」

家光が口の端を吊《つ》り上げた。

「保科肥後守《ほしなひごのかみ》を知っておるな」

「弟君にあたられると」

確認した家光に、柳生但馬守が答えた。

「信州高遠《しんしゅうたかとお》三万石保科家の名跡を受け継いでおる。保科は武田《たけだ》の一族で武名の誉れ高いが、三万石ではと思い、山形《やまがた》へ移した」

家光の異母弟保科肥後守は、つい二カ月ほど前の七月、無嗣断絶となった山形二十万石鳥居《とりい》家の後を受けて、加封されていた。

「…………」

無言で柳生但馬守は家光の話を聞いた。

「二十万石というのは多いのか、少ないのか。山形は将軍の弟にふさわしいところなのか、躬にはわからぬ」

「畏れながら申し上げまする。神君家康さま、二代秀忠さまのお血筋で、今現在存続しておられるなかでは、最小は常陸水戸《ひたちみと》徳川家の二十八万石かと」

「最小は水戸の二十八万石か……」

柳生但馬守の答えに、家光が顎に手を当てて思案に入った。

「……神君の思《おぼ》し召しが二十八万石とあれば、それをこえるのは僭越《せんえつ》だな」

家光が小さく頭を左右に振った。

「山形はどうだ」

「徳川家に忠誠の厚い鳥居家が任されておりましたことからもわかりますよう、奥《おう》州《しゅう》を監視する要地でございまする」

「伊達への抑えか」

「さようでございまする」

言った家光に、柳生但馬守が首肯した。

「それでは、難しいかの。執政《しっせい》とするには」

家光が不満そうな顔をした。

「ご執政に、それはいささか難しいかと。ご一門を執政となさった例はございませぬ」

柳生但馬守が前例がないと述べた。

「その点は大事ない。肥後守は保科じゃ。譜代大名の一人として扱えばすむ」

詭弁《きべん》に近いが、養子は実家ではなく、養子先の身分で扱われる。家光の弟という将軍にもっとも近い保科肥後守正之《まさゆき》は、譜代大名であり、一門ではない。

「肥後には、政の才がある。白岩《しらいわ》の一揆《いっき》を鮮やかに裁いて見せた」

「お見事でございました」

柳生但馬守も家光に同意した。

保科肥後守は二十三歳のとき、寄合旗本八千石酒井《さかい》長門守《ながとのかみ》忠重《ただしげ》の領地出羽《でわ》山形白岩村で起こった一揆の始末を家光から命じられ、一揆の要望を聞こうと首謀者三十六人を呼び出し、だまし討ちにして磔《はりつけ》獄門《ごくもん》にした。

「酒井長門守のやりようが、いかにむごかろうとも、領主へ反抗するのは許せぬ。ましてや、白岩村は徳川家の領地じゃ。長門守はその代理として治めていたといえる。つまり、白岩村の一揆は、徳川へ手向かったも同然。厳しい処断を下さねば、示しがつかぬ。肥後は、躬の意を見事にくみ取ってなした。卑怯《ひきょう》だとか、だまし討ちじゃとか、肥後のやりようを非難する者もおるが、そのような者ほど役に立たぬ」

家光が憤慨した。

「酒井長門守が改易となったのが気に入らぬのでしょう。名門酒井家を残すように、保科肥後守さまがご差配なさらなかったのが……」

柳生但馬守がため息をついた。

保科肥後守の裁断の後、酒井長門守は改易となり、兄で出羽庄内《しょうない》藩主酒井忠勝《ただかつ》預けとなっている。酒井家は徳川四天王の一つであり、譜代でも重きをなしている。普通ならば、百姓だけを処罰し、酒井長門守はお咎めなしとするか、悪くとも領地を削るていどで家を残す。それを保科肥後守はせず、百姓も罰したが、酒井長門守も咎めた。

これが譜代の家柄を軽視しているとの不満につながっていた。

「躬はな、肥後に政をさせたいのよ」

もう一度家光が言った。

「では、山形ではなく、江戸にも出やすい領地へ」

「任せる」

「承知いたしましてございまする」

将軍の命となれば、否やは口にできなかった。

「誰が見ても文句が出ぬだけの手柄を立ててよ。さすれば、左門《さもん》を取り立ててやれる」

「畏れ多いことでございまする」

「闇はいずれ表に出る。そうでなくば、真の役に立つ者を失うことになる。日の当たらぬところに置き続けているような主君では、忠節を得られぬ」

「………」

次男の引き立てにも繋がる話だけに、うなずくわけにもいかず、黙って柳生但馬守は聞いた。

愛宕下《あたごした》の上屋敷へ帰った柳生但馬守は、三男の宗冬《むねふゆ》を呼び出した。

「しばし、待て」

応じて書院へ来た主膳《しゅぜん》宗冬を柳生但馬守は待たせて、夕餉をすませた。

「馳走であった」

湯漬けと塩漬けにした大根と味噌だけという質素な食事を終えた柳生但馬守が、あらためて宗冬に向き直った。

「待たせたの」

「いえ」

父の詫《わ》びに宗冬が手を振った。

「どうだ」

なにをと言わず、柳生但馬守が問うた。

「連日、仕官を望む牢人が門を叩きまする」

宗冬が答えた。

「召し抱えるほどの者はおるか」

「…………」

訊いた父に、宗冬が無言で頭を左右に振った。

「やはりな」

柳生但馬守が苦笑した。

「世に牢人はあふれておるが、有為の人材は少ない。当たり前じゃな。使える者ならば、牢人した直後に、どこぞの大名が声をかける」

「はい」

嘆く父に宗冬がうなずいた。

「道場に来ている者で間に合わせるしかないか」

身代《しんだい》が増えたことで、柳生家は人手不足に陥っている。その補充を柳生但馬守は、剣の弟子たちに求めることにした。

「よろしゅうございますので。道場におる者は、皆武芸達者ではございますが、留守居役や勘定方をさせるには、少しばかり……」

宗冬が危惧を表明した。

「そちらはなんとかなる」

「大坂の弟でございますか」

言った柳生但馬守に宗冬が尋ねた。

「ああ。商人の血を引いている。一人で柳生家の内政を取り扱うくらいはできよう」

「一人で……保《も》ちませぬぞ」

淡々と言う父に、宗冬が驚いた。

大名として最低の一万石とはいえ、年貢の徴収、家臣への禄の給付、屋敷のまかない、他家とのやりとり、幕府との交渉とその内政は多岐にわたる。

とても一人ではこなせない量になる。

「潰れる前に、人を育成させればいい」

「家政をしながら、教育まで……」

冷たく告げる柳生但馬守に宗冬が息をのんだ。

「五年、いや、三年保てばいい。当家には跡取りがもうおるのだ。子などより領地が大事じゃ」

言い捨てた柳生但馬守が、話を変えた。

「ところで、本日、公方さまよりご下命があった」

「公方さまより……」

聞いた宗冬が、あわてて姿勢を正した。

「保科肥後守さまを執政になさりたいとのことである」

「……お待ちくださいませ。執政を指名なさるのは、公方さまではございませぬか。公方さまが肥後守さまを執政にと仰せられれば、それですみましょう」

宗冬が怪訝な顔をした。

「そういうわけにもいかぬのだ。御上には執政たる者の決まりがある。おおむね五万石ていどで城主、長崎《ながさき》や米沢《よねざわ》のような警固番ではないこと、そして一門はならぬ」

徳川家康は一門が本家に謀叛を起こさないよう、権力の集中を避けた。また、諸外国の侵入、加賀《かが》の前田《まえだ》、米沢の上杉《うえすぎ》、仙台《せんだい》の伊達など、有力な外様大名を監視する役目の領土を持つ者は、その役目に専念させるため、執政への登用を禁じている。

「肥後守さまは、上杉、伊達の両方を見張る出羽山形におられるうえ、一門じゃ。執政にしたくともできまい」

「公方さまのご意向でも」

「無理をすればできるだろうが、その代わり失策一つで肥後守の首は飛ぶぞ」

柳生但馬守が首を横に振った。

無理を通せば、どこかでしっぺ返しがある。家光が周りの反対を押し切った場合、なにかあったときの援助を受けられなくなる。

「公方さまのお名指しじゃ。さぞや有能なのであろう。お手並み拝見といこうか」

積極的に叩《たた》き下ろそうとはしなくても、助けの手は出さない。とくに保科家を継いだばかりで、親族の少ない肥後守の場合、援助をくれる相手がいないのだ。

「公方さまのご信任を裏切るようなまねをしておきながら、のうのうと」

一つの失敗でも、確実に足を引っ張られる。

また、家光も無理押しした肥後守がしくじったとあれば、かばいにくい。

「山形より移せと」

「そうじゃ。公方さまのお気持ちはそこにある」

「となれば、肥後守さまが移られても不思議ではない領地を探さねばなりませぬな」

宗冬が思案し始めた。

「その後、執政になさろうというのなれば、長崎近辺や外様大名の見張りをせねばならぬところでなく、さらに石高でも同じか上回るくらい……」

「二十八万石をこえてはならぬそうだ」

「それでは江戸に近づくしかありませぬぞ」

転封というのは難しい。石高が大いに増えるならば江戸より遠くなってもよいが、同じような石高での移動となれば、これは左遷になる。左遷した者を執政にはできない。

「山形より江戸に近く、石高でも二十万石以上……」

思い当たった宗冬が目を大きくした。

「わかったか」

柳生但馬守が唇をゆがめて問うた。

「会津《あいづ》加藤《かとう》四十万石……」

宗冬が震えた。

第四章　剣と金

一

山奥の朝は冷たい。

一夜は寒さで目覚めた。

「おおう」

「大坂とは随分違う」

大和の奥、柳生の庄の冷え込みに、一夜はため息を吐《つ》いた。

「甘く見ていたかあ」

二度寝できそうにない寒さに、あきらめて一夜が起きあがった。

一応、領主の息子扱いはされているため、板の間に直接寝るのではなく、敷き藁《わら》で作った敷きものを貸してもらっている。その上に昨日着ていた衣服を掛けて寝たのだが、そのようなもの、底冷えのする大和の奥ではないよりましといったていどでしかなかった。

「道場で寝泊まりする者に敷きものはないだろうなあ」

心身を鍛え、技を窮める。剣術の修業は基本それであった。

「好き好んで辛《つら》い思いをする。ようわからん考えやな」

夜具から立ちあがった一夜が、背筋を伸ばした。

「武士の素養じゃ」

不意に板戸が開いて、一夜の寝ていた部屋へ柳生十兵衛が踏みこんで来た。

「おわあ」

襦袢《じゅばん》姿であった一夜が驚いた。

「女が裸を見られたわけでもあるまい。男が妙な声をあげるなど情けないと思え」

「不意を打たれたら、誰でも驚きますやろ。まったく、心の臓が口から飛び出すかと思うたわ」

叱る柳生十兵衛に、思わず素の口調で一夜が反論した。

「それが地か」

柳生十兵衛が聞き咎《とが》めた。

「あっ」

あわてて一夜は口を押さえた。

「しゃべり方なんぞ、気にするな。訛《なまり》はあって当たり前じゃ。要らぬところに気を遣えば、その分、おろそかになるところが出る」

「……はあ」

柳生十兵衛に言われて、一夜が安堵《あんど》の息を吐いた。

「そうさせてもらいまっさ」

「うむ」

「で、こんな朝早くからなんですねん」

認めた柳生十兵衛に、一夜が問うた。

「稽古に決まっている」

「……稽古、なんの稽古で」

「剣術だ」

首をかしげた一夜に柳生十兵衛が告げた。

「剣術ですか。どうぞ、がんばっておくれやす」

一夜が応じた。

「なにを言っている。お前がだ」

「へっ……」

指さされた一夜が、唖然《あぜん》とした。

「なんで」

「おまえは武士になったのだ。刀くらい振るえなければ困るだろうが」

柳生十兵衛があきれた。

「そんなん要りまへんで。刀で勘定はでけへんし、剣術で金は生まれてけえへん」

一夜が首を左右に振った。

「金、金、金か」

苦い顔で柳生十兵衛が吐き捨てた。

「金がなければなにもできんのか」

「…………」

一夜が黙った。

「……今はその話ではない。おまえの鍛錬のことだ」

「鍛錬は不要ですわ。その暇があったら、領内をよく見て、なにをすれば豊かになれるかを考えんと」

　話を戻した柳生十兵衛に、一夜が首を横に振った。

「柳生のためにだな」

「さようですわ」

　確認する柳生十兵衛に、一夜がうなずいた。

「よし。ならば稽古だ」

「なんでですねん」

　柳生十兵衛に腕を摑《つか》まれた一夜が、足を突っ張って抵抗した。

「おまえは柳生の一族として藩に入る」

「別段、一族やのうてもよろしいけど」

　言う柳生十兵衛に、一夜が首を横に振った。

「少しは考えろ。おまえは柳生の勘定方を差配する。いわば、勝手方の家老のようなものだ」

　家老は藩の政《まつりごと》をおこなう重臣であり、なかでも勝手方は重きを置かれる。

「その勝手方家老に、二十歳そこそこの若造で、商家の出の者がなれるか」

「するかどうかは、お殿さんの決めはることですやろ」

問うた柳生十兵衛に、一夜が反論した。

「いかに父とて、家中《かちゅう》全部が反対したとあっては、どうしようもない」

「反対されたら、大坂へ帰れますな」

難しい顔の柳生十兵衛に、一夜が笑った。

「それでは柳生が潰れる」

「潰れるわけおまへん。もともと六千石でしたんやろ。それがいきなり十万石になったというなら、戸惑いで無茶苦茶になりますやろうけど、四千石増えただけなら、さほど内政に変化はおまへん。今までどおりで、まず問題は……」

「起こる」

一夜の語りを、柳生十兵衛が遮った。

「……なぜ」

雰囲気の変化を一夜は感じ取り、口調を変えた。

「道場の上にある丘の館を見たか」

「見た」

一夜が首肯した。

「どう思った」

「あれだけ立派な館がありながら、なんでここを陣屋にしたのかと不思議に思うた」

問われた一夜が答えた。

「あそこに住んでいるのは、弟の左門友矩《とものり》だ」

「左門……聞いたことある」

一夜が告げた。

「左門は、絶世の美女と謳《うた》われた藤《ふじ》に父が産ませた子供でな」

「……わざわざ、母親が美人やというには、それだけの意味があると」

柳生十兵衛の言葉に、一夜が反応した。

「そうだ。左門は母の血を引いたおかげで、美形である」

「美形のなにが悪い」

一夜が怪訝《けげん》な顔をした。

「公方さまの手が付いた」

「……手が付いたって、男と男の閨《ねや》ごとか。そういうのがあるとは聞いていたけれど」

聞かされた一夜が何とも言えない表情を浮かべた。

「……」

「しかし、将軍家のご寵愛《ちょうあい》を受けるのは、出世の早道では」

「ああ、早すぎるくらいにな」

一夜の質問に、柳生十兵衛がうなずいた。

「左門は、公方さまの小姓に出てすぐにお手がつき、山城《やましろ》で二千石をいただいた」

「柳生本家にではなく、左門はんに」

「そうだ。それだけならまだよかった。よほど左門のことをお気に召したのか、公方さまは、四万石を与えるとの御墨付きまでくださった」

「四万石……本家の四倍」

一夜が息を呑《の》んだ。

分家が本家を凌駕《りようが》することはままある。それでも二千石から四万石は異例の出世と言えた。

「だから父によって友矩は、江戸から国元へ戻された。病気療養と理由を付けてな」

「出世はええことですやろうに」

なぜと一夜が首をかしげた。

「左門の出世が、戦場での手柄、あるいは内政での手腕によるものならば、なにも問題はなかった。いや、一門総出で祝杯を挙げただろう」

感情のこもらない声で柳生十兵衛が続けた。

「だが、それが閨ごとであればまずいのだ」

「惣目付《そうめつけ》の面目にかかわる」

一夜が口にした。

惣目付は大名の傷を見つけて、痛い目に遭わせるのが役目である。その惣目付の息子が、将軍の寵愛を受けて大名になったとなれば、柳生但馬守の正当性に問題が生じる。

「他人は潰しておいて、息子を差し出し、大名にするとは」

「将軍の剣術指南役といいながら、その性根の腐り具合。とても王者たる将軍家の指南役としてふさわしくはない」

そう言われれば、柳生家は将軍家剣術指南役の座を降りなければならなくなる。

「将軍家剣術指南役なんぞ、失っても……」

「ならぬ」

言いかけた一夜を柳生十兵衛が怒鳴りつけた。

「柳生は子々孫々まで将軍家の指南役でなければならぬのだ」

柳生十兵衛が強く言った。

「……なぜ、そこまで」

一夜が問うた。

「将軍家剣術指南役は、江戸に居続け、そして公方さまのお近くに伺候できる。なにより公方さまの師。つまり、公方さまの庇護《ひご》を受けられる」

「庇護……」

柳生十兵衛の勢いに、一夜が押された。

「知っているだろう。柳生は一度潰されている。天下人に嫌われてな」

「それで、将軍家剣術指南役にこだわると」

「天下人が気にかけてくれる。それだけで柳生は生き残れる」

柳生十兵衛が苦い笑いを見せた。

「ならば、左門はんをもっと利用すべきかと。周囲がなにを言おうとも、公方さまが柳生をかばってくだされば……」

「それがまずいのだ」

嫌そうな表情で柳生十兵衛が首を左右に振った。

「公方さまのご寵愛が左門だけに、注がれるならばいいのだがな……」

「それは……」

「これ以上は、まただ。さあ、朝稽古が始まる」

　興味を示した一夜に、柳生十兵衛が話を変えた。

「ええぇ、稽古の話はなくなったんと……」

「なくなるものか。いいか、おまえは柳生家の家老扱いになる。そして、それに不満を言わさぬために、おまえが父の庶子だと明かす」

「……………」

　一夜が己にかかわることだと、真剣に聞いた。

「一門となれば、譜代の者たちも、抜擢《ばってき》に文句はいえなくなる」

　武家にとって、血筋は重要な意味を持つ。譜代といえども主君の血筋に文句は言いにくい。うるさい譜代衆を黙らせるには、それがもっとも話が簡単で早かった。

「わかるな」

「はい」

　念を押された一夜が首肯した。

「なら、稽古だ」

「なんでやねん」

　思わず、一夜が言い返した。

「柳生家の血を引く者が、剣も使えないなど恥ぞ。柳生家は将軍家指南役なのだ」

「わいは算盤《そろばん》が使えれば、ええんやあ」

「来いっ」

逃げだそうとした一夜をしっかりと柳生十兵衛が摑んだ。

二

朝見る柳生家の道場は、夕方よりも明るいからかみすぼらしかった。

「隙間だらけやんか」

昨日は気づかなかったが、道場の床も板が揃《そろ》っていない。

「よう磨かれているから、そげは刺さらんやろうけど」

一夜が素足で床板をさすった。

大和にある柳生道場は、剣術廻国《かいこく》修業をした柳生十兵衛がその経験に基づいて開いたもので、江戸にある将軍家剣術指南役の道場とは形態が違った。

「一同、素振りを始めっ」

柳生十兵衛が集まっている門弟たちに号令をかけた。

「…………」

一夜はそっと道場の隅へと下がった。

「逃げ出すつもりではなかろうな」

柳生十兵衛がすばやく気づいた。

「いや、木剣も持ってまへんが……」

「そこらにある奴《やつ》を使え。昨日と同じだ」

理由を付けようとした一夜を柳生十兵衛が封じた。

「……どれにするかな」

一夜が置かれている木剣を見た。

「うわあ、これ手垢《てあか》が凄《すご》い……これは先が折れてる……ひええ、この木剣、切っ先が赤黒く染まってるけど、これ血やろ」

嫌そうな顔で一夜が手を引っ込めた。

「どれでも一緒だ。これを使え」

苛立《いらだ》った柳生十兵衛が、己の持っていた木剣を押しつけた。

「重っ」

受け取った一夜が木剣を落としそうになった。

「鉄芯が入っている」

柳生十兵衛が木剣を取り戻し、片手で軽々と振り回した。

「ほおお」

一夜が感心した。

「こうやって握り、柄の尻を己のへそから生えているつもりでこう構え、ゆっくりと息を吸いながら木剣を振りかぶる。ただし、後ろまで下げすぎると……」

柄の持ちかたから、木剣の振りかたまで柳生十兵衛が教えた。

「……このとき、絶対守らなければいけないのは、振り下ろしたとき、木剣をへその位置まで下がったところで止めることだ。木剣でも危ないが、もし真剣でそれを忘れたら、勢いのついた刀がそのまま己の足を斬りつける」

「さすがにそれはわかりますやろ」

説明を受けた一夜がため息を吐《つ》いた。

「真剣で戦ったことはあるか」

「商人でっせ。あるはずおまへん」

確認された一夜が首を横に振った。

「ならわかるまい。命を賭けての戦いになれるまでは……おい、誰か、吾《われ》の刀を持ってこい」

話しかけた柳生十兵衛が、近くで見ていた門弟に頼んだ。

「拙者が」

若い門弟が急いで上座に置いてあった柳生十兵衛の太刀を掲げてきた。

「うむ」

柳生十兵衛が太刀を取り、腰に差した。

「さて……少し周りを開けてくれ」

「はっ」

近づいて柳生十兵衛が一夜にしていた説明を聞いていた門弟たちが、下がった。

「一夜、そこへ立て」

「ここでよろし」

指定されたところに、一夜が移動した。

「いいか、動くなよ」

釘《くぎ》を刺した柳生十兵衛が太刀を抜いて、一夜に向けた。

「な、なにをっ」

白刃を突きつけられた一夜が驚愕《きようがく》した。

「動くなっ」

険しい声で柳生十兵衛が命じた。

「はひっ」

一夜が身体《からだ》をこわばらせた。

「しゃあ、やあ」

柳生十兵衛が、一夜の身体に当たらないぎりぎりのところを斬り裂いた。

「いいぞ」

鍔音《つばおと》もなく、太刀を鞘《さや》に戻した柳生十兵衛が、一夜に告げた。

「…………」

一夜は動けなかった。

「やれ、固まったか」

嘆息した柳生十兵衛が一夜に近づいて、肩に手を置いた。

「かあっつ」

柳生十兵衛が大声を一夜に浴びせた。

「……わあっ」

ようやく一夜が動いた。

「どうであった」

「……はあ、はあ、なんなんや」

柳生十兵衛の問いにも、一夜は混乱したままだった。

「あれが、真剣というものだ」

「違う、絶対に違う」

一夜が首を何度も左右に振って、否定した。

「真剣くらい見たことはあるし、持ったこともある。抜いたこともある」

商いをしていると、この刀で金を貸してくれとか、代金の代わりに引き取ってくれという客がままあった。

当然、その刀が担保たり得るのか、代金に見合うだけの価値があるのかを、商人は判断しなければならず、一夜も祖父の淡海屋七右衛門から簡単な刀の見分けかたを教わっていた。

「しゃあけど、あんな白い炎を纏《まと》ったもんなぞ見たことない」

「ほう、見えたか」

わめくような一夜の一言を柳生十兵衛が聞きとがめた。

「あれが殺気だ」

「殺気……殺す気やったんか……冗談やない」

柳生十兵衛の言葉に、一夜が震えあがった。

「死んでないだろうが」

「そうや、怪我《けが》は……」

言われた一夜が、あらためて己の身体を手で触って確かめた。

「……してへん」

「当たり前だ。おまえを殺して見ろ、吾が父に殺されるわ」

安堵している一夜に、柳生十兵衛が苦笑した。

「今のが真剣でのやりとりだ」

「……あれが」

柳生十兵衛に言われて、一夜が息を吞んだ。

「動けたか」

「無理や。身体中が硬くなったようで、指先も曲げられへんかった」

訊《き》かれた一夜が両手を見つめた。

「人が人を殺そうとするときに出す気配を殺気と呼ぶ」

「あれが……殺気」

「違うな。先ほどのは殺気ではない。限りなく殺気に近いが、偽物よ」

「偽物……あれで」

一夜が目を剝《む》いた。

「本気で殺すつもりはなかったからな。本気ならば、おまえの心の臓は止まっていた」

「ひええ」

柳生十兵衛が口の端を吊《つ》り上げて笑った。

腰が抜けた一夜が道場の床に座りこんだ。

「敵は遠慮してくれぬぞ」

手を差し伸べながら柳生十兵衛が言った。

「せめて一撃で死なぬようにならねばの」

「無理、無理や」

起きあがりながら一夜が首を横に振った。

「叩《たた》きこんでやる。朝稽古だけでいい、出て来い」

「…………」

柳生十兵衛の命に一夜は返答をしなかった。

「逃がさぬぞ。柳生の名前がかかっているのだ。逃げても追いかける」

「領内を見て回らなあかん」

「稽古は朝のうちだけだ。昼からは好きにするがいい」

「江戸へ呼び出されているから、そう長くは……」

「水之介《みずのすけ》」

まだ抵抗を続ける一夜を見つめながら、柳生十兵衛が呼んだ。

「これに」

門弟のなかから、ひときわ痩身の男が出てきた。

「江戸へ走ってくれ。こやつをしばらく預かると、父にな」

「承りましてございまする。では」

柳生十兵衛の指示を受けた水之介が、たすきを外して消えた。

「へっ」

間抜けな声を一夜が漏らした。

「えっ、どこへ」

一夜が辺りを見回した。

「あれは伊賀の者だ」

「忍《しのび》だと」

「ああ。伊賀の山中で修業を重ねると、人とは思えぬほどの技を身につける。水之介は剣術を身につけるべく、ここに来ているのだが、聞けば伊賀の庄にはあれ以上の者がごろごろいるという」

「とんでもない連中や」

一夜が驚いた。

「あやつなれば、三日で江戸まで行く。七日で父の了承を得て戻って来るだろう」

「それは……」

柳生十兵衛の話に、一夜が逡巡《しゅんじゅん》した。

「剣術は死ぬまで研鑽《けんさん》するものだ。とはいえ、おまえは剣術遣いになるわけではない。せいぜい、助けが来るまで吾《わ》が身を守れればいい。そうなるまでは、江戸へやらん」

「……どのくらいかかりますやろ」

一夜が尋ねた。

「半年と言いたいところだが、そこまでの余裕は柳生に与えられまい。三月《みつき》だな」

「年貢は終わってますがな」

勘定方にとって、稲の収穫が終わる秋は、多忙を極める季節である。

「なかを検《あらた》めるのは、別に誰がやってもええけど、しっかりさえしてくれれば。問題は、その後や」

険しい顔を一夜が見せた。

年貢米は藩庁が受け取る前に、確認しなければならなかった。俵に詰めて納められるだけに、外から見ただけでは中身がどうなっているかわからないのだ。

年貢には良米を納めることになっているが、端の欠けた悪米や去年の残り米を詰めたり、酷《ひど》いのになると、重さをごまかすために石を入れたりしている。

不正は見つかれば、軽くてむち打ち、重ければ打ち首になるが、それでも後を絶たないのは、それだけ貧しいからである。

もちろん、このようなまねを許すわけにはいかない。領主として、甘いと思われれば、一揆《いっき》や強訴《ごうそ》などが起こりやすくなる。

とはいっても納められたすべての俵を開けて中身を出すなどできるはずもなく、いくつかの俵を抽出し、短刀のようなものでその中ほどを突き刺して、どうなっているかを検分することになる。

それでも手間はかなりかかる。

なんとか検分を終えて、米が揃ったとして、次はその数をまとめ、家臣たちに渡す扶持米《ふちまい》、江戸へ送る食料米、売り払って金に換える米と分類しなければならない。

そのとき、もっとも問題になるのが、売り払う米であった。

大和の国で取れた米は、輸送の問題もあり、そのほとんどが大坂へ送られる。

なにも考えず、余ったから売るでは、大坂商人のいい鴨《かも》になる。

「金にしてくれ」

「……米が小さいですなあ。匂いも悪い。これやと一俵でこれくらいのお値段でないと……」

「もう少しなんとかならぬか」

「どうぞ、よそさんへお出《い》でを」

「わかった。それでよい」

武士は金にこだわらないのをよしとしている。勘定方といえども、値切りや値上げ交渉はまずしない。

大坂商人の値付けを、あっさりと認めてしまう。

たしかに商いの基本は、安く仕入れて高く売るだが、それを吾が身にされては困る。

一夜は、それもしなければならなかった。

「昼からで足りるだろう」

「一万石でっせ。いままでの六千石と比べれば倍近い規模になる。そのうえ、領地は山間《やまあい》で耕地が少ない代わりに、やたら広い。領内すべての村から年貢を集めるだけでも、かなりかかりますわ。そこから勘定して、大坂の米の値段を勘案せなあかん。なんぼ日にちがあってもたらへん」

半日あれば終わるだろうと言った柳生十兵衛に、一夜があきれた。

「むううう」

「とにかく、今日はすることがおますよって」

うなった柳生十兵衛を置いて、一夜が道場から逃げ出した。

三

幕府の政をおこなう老中たちの執務室を上の御用部屋といった。いつでも政について の裁可を受けられるように、将軍御座の間に隣接しており、老中以外の出入りは固く禁じられていた。

「伊豆守《いずのかみ》よ」

「なんだ豊後守《ぶんごのかみ》」

上の御用部屋で阿部《あべ》豊後守忠秋《ただあき》が、同僚の松平《まつだいら》伊豆守信綱《のぶつな》に呼びかけた。

「ちと、来てくれぬか」

「……わかった」

要求に松平伊豆守が応じた。

上の御用部屋は老中ごとに屛風《びょうぶ》で仕切り、なかでどのような案件が処理されているか、わからないようになっている。

その屛風のなかへ、阿部豊後守は松平伊豆守を招き入れた。

「但馬守がこと、存じおるか」

阿部豊後守が小声で問うた。

「大名に立身したことか、それとも惣目付《そうめつけ》を辞めさせられたことか」

やはり小さな声で松平伊豆守が応じた。

「いや、その前のことだ」

「その前……但馬守がなにかしたか」

訊かれた松平伊豆守が首をかしげた。

「どうして但馬守が大名になれたかだ」

「功績ではないな。それならば、おぬしが儂《わし》にわざわざ問うはずもない」

松平伊豆守が目つきを鋭いものにした。

「但馬守に功績がないわけではない。先代さま、御当代さまと二代にわたって剣術指南役を務めている」

「惣目付としての功績もある」

阿部豊後守に松平伊豆守が付け加えた。

「おかしいと思わぬか」

「なにがだ」

松平伊豆守が怪訝な顔をした。

「惣目付と剣術指南役は両立できるのか」

「できるであろう。剣術指南役は公方さまのご要望がなければ……」

問いに答えていた松平伊豆守が途中で黙った。

「そうか、惣目付で活躍したならば、剣術指南役の任はほとんどはたしていない。つまり、剣術指南役精励につきという理由は成りたたぬ」

「そうだ」

阿部豊後守がうなずいた。

「惣目付としての功績……他の惣目付どもはほとんど加増されておらぬな」

「いかに但馬守が惣目付として活躍したとしても、他の三人をおいて、一人大名になるほどではない」

松平伊豆守の感想に、阿部豊後守が同意した。

「左門《さもん》か」

「いいや。左門友矩は新規お召し出しの扱いじゃ。すでに山城で二千石の別家を立てている。十兵衛という嫡男のある但馬守を加増したところで、左門には影響がない」

阿部豊後守が否定した。

「じつはな、伊豆守。秋山修理亮がな、甲賀百人番所へ立ち寄ったという」

「惣目付が、甲賀にか。なるほどの」

そこで松平伊豆守が気づいた。

「堀田《ほった》加賀守だな」

「ああ」

阿部豊後守が眉をひそめた。

「国元へ押しこめただけでは、まだ足らぬのか、加賀は」

松平伊豆守がため息を吐いた。

「公方さまのご寵愛随一を奪われそうになったのが怖いのだろう」

小さく阿部豊後守が首を横に振った。

「加賀を呼んで説得するのは……もう遅いか」

「ああ、周囲が動き出した後だ。余も政務に忙殺され、秋山修理亮が動くまで気づかなかった」

面倒くさそうな松平伊豆守に、阿部豊後守が首肯した。

松平伊豆守、阿部豊後守、堀田加賀守正盛《まさもり》の三人は、三年前、六人衆から老中へと出世し、多忙を極めていた。

「余が武州《ぶしゅう》忍《おし》で三万石」

「吾が下野《しもつけ》壬生《みぶ》で二万五千石」

松平伊豆守と阿部豊後守が顔を見合わせた。

「そして加賀が、武州川越《かわごえ》で三万五千石」

「ああ」

「それでなんの不満がある。我ら三人、皆千石そこその小身から、公方さまのお引き立てを受けて、大名に立身、政まであずけていただいたのだ。他人から見れば、まさに垂涎《すいぜん》ものの出世であろうに」

松平伊豆守が肩を落とした。

「加賀は公方さまをお慕いもうしておるからの」

「やれ、面倒な。嫉妬とは」

二人があきれた。

「もう、我らは公方さまの閨にお呼びいただけぬ」

もっとも若い堀田加賀守でも二十八歳、最年長の松平伊豆守にいたっては四十一歳になった。とても寵童とは言えなくなっている。

なにより老中という幕府の重職なのだ。それでも閨に侍《はべ》るとなれば、世間がなにを言い出すかわからない。松平伊豆守や堀田加賀守が嘲笑されるだけならまだしも、三代将軍家光まで非難されかねなかった。

「閨でお仕えすることのなくなった我らを、執政の座に就けてくださった公方さまのご恩に報いることこそ、ご恩返しであろうにの」

「嫉妬から来る恐怖であろう」

阿部豊後守の言葉に、松平伊豆守が応じた。

「加賀は取って代わられると思っておるのだ」

「四万石のお墨付き……か」

しみじみと阿部豊後守が嘆息した。

「堀田加賀守より多いのがな」

「わずか五千石だが、それが逆に気になるのだろうな。おまえより可愛いのだと言われているような気分になる。我らのなかでも突出して、閨へのお呼ばれが多かった加賀守じゃ、左門に公方さまの一番を奪われた気になったか」

松平伊豆守が目を閉じた。

「公方さまも要らぬことを……」

「豊後守」

ぼやいた阿部豊後守を松平伊豆守が叱った。

「であったな。すまぬ」

阿部豊後守が詫《わ》びた。

「気をつけよ。加賀に聞こえたらうるさいぞ」

松平伊豆守が注意をした。

「それにしても、秋山修理亮、いや、残った惣目付どもも迂闊《うかつ》よな。しっかり加賀守の思惑に乗っておる。いや、これも妬みか」

「まったく、お役目をなんと思っておるか」

話の矛先を松平伊豆守が変え、阿部豊後守が従った。

「恣意で動くなど、惣目付とも思えぬ」

「戦う相手がなくなったからだな」

怒りを続けた阿部豊後守に松平伊豆守が言った。

「豊臣を残しておくべきだったと」

「そうとは言わぬが……たとえ十万石でも豊臣があれば、身内で足を引っ張り合う余裕はなかっただろう」

阿部豊後守の確認を、松平伊豆守が認めた。

「…………」

「で、余を呼んだということは、なにかしらの思惑があるのだろう」

沈黙した阿部豊後守に、松平伊豆守が現状の報告だけではないだろうと促した。

「どうする」

「また、曖昧なことを」

松平伊豆守が幼なじみの言いかたに、苦い笑いを見せた。

「放っておくわけにはいくまい。加賀のためにもならぬし、なによりも表沙汰になりでもしたら、執政の権威が地に落ちる」

男が家光の寵愛を奪い合って、役権を行使したなどと漏れれば、老中の権威はなくなってしまう。

「それなのだがな……」

松平伊豆守が一層声を潜めた。

「おまえもなにかあるのか。面倒ごとだな」

阿部豊後守が警戒した。

「先ほど、小姓から訊きだした」

「小姓ということは、公方さまにかかわることだな」

すっと阿部豊後守の表情が真剣なものになった。

「但馬守を呼び出されてな、そこで肥後守さまを移す、よりよい知行地を探せと仰せになられたそうだ」

「肥後守……保科さまをか」

松平伊豆守の話に、阿部豊後守が確かめた。

老中の権威は強い。神君徳川家康の遺言にも宿老には気を遣えというのがあるほど、力を持つ。たとえ百万石の前田でも、六十二万石の伊達でも、「その方」と呼んで、扇子の要で指せる。

しかし、身分としては譜代でしかない保科肥後守正之に、阿部豊後守がさまという敬称を付けたのは、家光のかわいがりを知っているからであった。

「但馬守は受けたか。いや、受けるしかないな。御下命である」

「そうだ」

「公方さまは加賀の狙いをご存じであらせられると思うか」

「ご存じであろうな。公方さまは他人の思惑に敏《さと》い」

問うというより念を押した阿部豊後守に、松平伊豆守がうなずいた。

「惣目付という表から、柳生が外れたのをご利用なさったとあれば、我らは口出しをせぬほうがよい」

「公方さまへ諫言《かんげん》する、あるいは加賀のことを報《しら》せるなどは論外だ」

松平伊豆守も同じ考えだと告げた。

堀田加賀守と同様に家光によって取り立てられた阿部豊後守と松平伊豆守である。家光の思惑が最重要事であるのは当然であった。

「だが、このまま見過ごすわけにはいかぬというのだろう、豊後」

「さよう。加賀は諫《いさ》めねばならぬ。柳生だけで終わればいいが、またぞろ同じことを繰り返されては、それこそかばいようがなくなる」

松平伊豆守に言われて阿部豊後守が語った。

「そして、柳生但馬守が公方さまのお指図に従うのはよいが、あまり派手なまねをされてはまずい」

「たしかにそうだ」

松平伊豆守も強く首を縦に振った。

「どうであろう。余が加賀を諫める。おぬしは柳生但馬守を抑えてくれぬか」

「加賀を取るか。やれ、余に公方さまがらみを押しつけるなど」

阿部豊後守の案に、松平伊豆守が渋い顔をした。

「頼む」

「やむを得ぬ。ただし、公方さまからお叱りを受けたときは、一緒に怒られてくれよ」

頭を下げた阿部豊後守に、松平伊豆守が述べた。

四

いかに将軍からの内命とはいえ、すぐに動けるものではなかった。

「あまり目立つまねはできぬ」

そうでなくとも諸侯に列したばかりなのだ。柳生家はどういった立ち位置を持っているかを、諸侯が目を見開き、耳をそばだてて注目している。

そんなさなかに現会津の領主加藤家の粗探しなどしようものならば、すぐに知られてしまう。

「ですが、あまりときをかければ……」

宗冬が家光の怒りを買いかねないと危惧した。

「わかっておる。まずは、会津の領内のことを知らねばならぬ。そのために伊賀の者を出そうと考えている」

「なるほど」

柳生但馬守の考えに宗冬が納得した。

「その結果待ちとなりまするか」

「ああ。いかに伊賀の忍が優れているといったところで、くわしくもない会津でいろいろと調べあげるには、相当の手間がかかる。その報告を受けてから、どうするかを考える」

柳生但馬守が告げた。

「よろしゅうございましょうか」

親子の会話に、用人の声が割りこんできた。

「いかがいたした」

宗冬が父に代わって問うた。

「御免を……」

障子を開けて用人が顔を見せた。

「国元より、十兵衛さまの使いが参りましてございまする」

「十兵衛の……通せ」

柳生但馬守が許可を出した。

「はっ」

用人が一度障子を閉じた。

「水之介でございまする」

しばらくして使者が障子の外から声をかけた。

「入れ」

柳生十兵衛の使者となれば、他聞をはばかると判断した柳生但馬守が、入室を指示した。

「ご無礼を仕《つかまつ》りまする」

障子を開けて、水之介が書院へと入り、敷居際で手を突いた。

「もう少し近《ちこ》う」

「はっ」

招きに応じて、水之介が膝行《しっこう》した。

「話を聞こう」

「十兵衛さまからのお話をお伝えさせていただきまする。まず、大坂より一夜さまが国元へ入られました」

「来たか」

水之介の報告を聞いて、柳生但馬守が満足そうにうなずいた。

「続いて、一夜さまに剣術を教えるため、三カ月ほど国元で預かりたいとのことでございまする」

「三カ月は長いな」

柳生但馬守が難しい顔をした。

「なぜ三カ月も要るのだ」

宗冬が訊いた。

「それが……」

見てきたままを水之介が言った。

「酷いな。それではとても一族とは言えぬ」

「言うてやるな。一カ月ほど前には商人だったのだ。十兵衛の気合いを受けて、失禁しなかっただけましだと思え」

あきれた宗冬を柳生但馬守が宥《なだ》めた。

「身を守ることもできぬでは、さすがにまずいな」

「そのように十兵衛さまも仰せでございました」

柳生但馬守のため息に、水之介が応じた。

「父上、ですが、一度江戸へ顔見せに来させるべきではございませぬか。用人たちと面識を持たせておかねば、なにかと面倒が起こりかねませぬ」

「家中の不満か」

宗冬の忠告に柳生但馬守が思案した。

「あの者は、国元での勘定が主たるものとなりましょうが、それでも父上との目通りをすませて、親子だとあきらかにすべきではないかと」

「たしかにそうであるな」

柳生但馬守が納得した。

「水之介であったか。ただちに柳生の庄へ立ち帰り、十兵衛に一度修業を中断し、一夜を江戸へ向かわせるようにと伝えよ。旅費は用人から受け取れ」

「はっ」

命じられた水之介が一度平伏した後、下がっていった。

「主膳」

二人きりに戻った柳生但馬守が、宗冬を見つめた。

「一夜は弟である。あの者などという呼び方はするな」

「生まれていたことも知らず、一度も会ったこともない者をいきなり弟とは思えませぬ」

叱る父に息子が反論した。

「それくらい呑みこめ。会ったこともない女と夫婦《みようと》になるよりはましだろう」

「そういったことで気に入らぬのではございませぬ」

例を出して諭す柳生但馬守に、宗冬が首を左右に振った。

「ではなんじゃ」

「柳生の血を引きながら、まったく苦労をしておりませぬ」

「苦労……剣の修業のことか」

「さようでございまする。兄たちもわたくしも物心ついたときから、木剣を持たされ、真冬の凍るような夜明け前もかわらず、千をこえる素振りをし、青あざなど当たり前の稽古を重ねて参りました。これもすべて柳生の名前、将軍家の指南役にふさわしい者となるためと言われ、耐えて参りました」

「…………」

無言で柳生但馬守が、先を促した。

「そのような者、弟として認めることはできませぬ」

宗冬が心情を吐露した。

「儂がなぜ今になって一夜を呼び出したかは、わかっているな」

「承知いたしております」

「それでも受けいれられぬと申すのだな」

「……はい」

念を押した柳生但馬守に、宗冬が首を縦に振った。

「ふむ。ならば、一門ではなく家臣としてならばよいのか」

「それならば」

「……はあ」

宗冬の答えに、柳生但馬守が盛大なため息を吐いた。

「家臣ならば、いつ辞められても文句は言えぬ。辞めさせぬためにはそれだけのものが要る。とくに能力のある者は、他家からの引き抜きもある」

「引き抜き……」

「ああ。どこの大名家、旗本でも人材には困っている。戦場での槍《やり》働きができる者は足りている。いや、余っている。戦がなくなったからな。その代わり、藩政に役立つ者が不足している。乱世ではさほど重きをなしてこなかった、戦えぬが算盤は使えるという者の需要が増えている」

柳生但馬守が続けた。

「これからの大名は戦でなく、新田を開発する、特産品を作り出す、無駄をなくすなどして、国力を上げていくことになる。これができない大名たちは、御上《おかみ》から施政の能力なしとして咎められる時代になった。つまり、剣術の免許を持っている者よりも、足し算引き算のできる者が偉くなる」

「剣術は無駄だと。わたくしの修業は……」

宗冬が気色ばんだ。

「落ち着け」

柳生但馬守が息子を宥めた。

「早合点をするな。儂は剣術が不要だとは一言も言っておらぬ。ただ、剣術よりも算術が要ると申しただけぞ」

「…………」

「わからぬか。歴史を紐解《ひもと》いてみよ。我が邦の歴史は闘争と泰平の繰り返しである。とくに武家が生まれてからは、あきらかである。平家《へいけ》から源氏《げんじ》、源氏から足利《あしかが》、足利から豊臣、そして豊臣から徳川。これらの転換にはかならず戦がかかわっている」

「まさに……」

合点しかけた宗冬が大きく息を呑んだ。

「父上、それでは徳川の御世《みよ》もいずれひっくり返ると」

「そのときのために、柳生はある。徳川に牙剝こうとする者があれば、あらかじめ潰さねばならぬ。しかし、我らだけでは手に負えぬ状況になったとき、徳川の先手となって剣を振るわねばならぬ。それはすべての譜代大名がせねばならぬことでもある。いざ、そうなったときに、剣を遣えぬ者ばかりであれば、勝利はおぼつかない」

「たしかに」

父の論を宗冬が受けいれた。

「そのときが来るのを少しでも遅くするのが、将軍家の剣たる柳生の仕事である。ゆえに剣の修業は子々孫々までおろそかにしてはならぬ」

「わたくしが生きている間に、剣の出番はないかも……」

「ああ。そのようなことは儂がさせぬ。徳川を守ることで柳生も守られる。ただ、剣術も芸と同じで、継承を続けていかなければならぬ。技というのは生みだすのは難しいが、消すのは容易《たやす》い。誰にも秘伝を教えず、己が死ねば永遠に失伝する。失ってから取り戻そうとしても無理である」

「わたくしたちは中継ぎであると」

「うむ」

理解した息子に父がうなずいた。

「柳生は剣で禄《ろく》を得ている。これを忘れてはならぬ」

「ならば、あの者などを一族に迎えずとも」

もう一度宗冬が話を蒸し返した。

「剣の伝統を代々守るには、藩が続かねばならぬ。柳生家は将軍家の指南役である。おそらくよほどの失策でもなければ改易にはならぬだろうが……領地は山間《やまあい》で豊かではない。藩政に余裕がなければ、剣術どころではなくなるぞ。将軍家の指南役には、相応の身形《みなり》や格式が求められる。我らの修業のように、木の根をかじり、蛇や鼠《ねずみ》を捕らえて食事にするなど認められぬ」

「将軍家のお側《そば》に近づくにふさわしい金が要ると」

「そうじゃ。そのために大坂で商売を身につけた一夜を呼び出したのだ。でなければ、生涯かかわりを持つつもりはなかった。一度でもかかわりを作れば、その後で知らぬ存ぜぬとはいかなくなる」

はっきりと柳生但馬守が告げた。

「一族としなければ、他家に持っていかれると」

「家臣にしたとして、どれだけの禄が出せる。一万石では、出せても百石だ。これ以上出せば、譜代の者たちが不満を持つ。優秀な勘定方を百石で使っていると周囲が知れば、倍、いや数倍の禄を呈示してくる大名家はいくつでもある」

「…………」

「それに一族であれば、禄をやらずともすむ。食べていくに困らぬていどの扶持米をくれてやるだけでいい」

「なるほど」

ようやく宗冬が納得した。

「いいな。決して本人や家中の前であの者などと言うな。弟と呼べ」

「承知いたしました」

釘を刺した柳生但馬守に、宗冬が頭を下げた。


甲賀与力組頭望月土佐からの指図を受けた横川、曾根、山岡らの甲賀者は、伊勢から柳生の庄へと向かった。大和から戻るように柳生の庄へ入るのは不自然、それ以外の細い街道では人通りがなさ過ぎてかえって目立つからであった。

「どうやって柳生の庄に入る」

もっとも若い曾根が問うた。

「忍ぶのは難しいな」

「ああ」

横川の言葉に山岡が同意した。

「三人が個別に入っても……」

「一人一人片付けられるだけであるし、固まって入っても、伊賀のほうが数が多いだろう」

二人の甲賀者が眉間にしわを寄せた。

「どうであろう、剣術修業を装っては」

曾根が提案した。

「柳生の庄には、廻国修業を終えた柳生十兵衛さまが、その成果を教えるために道場を開かれたという」

「たしかに、道場へ通えば柳生の庄に何カ月でもおられようが……」

横川が山岡と曾根を見た。

「我らは誰も剣術をまともにならっておらぬぞ」

山岡が無理だと否定した。

甲賀は地侍がその起源であり、国人《こくじん》である甲賀五十四家といわれる領主に与《くみ》し、戦国を生き延びてきた。

そのためか徒党を組んでの働きに長《た》けており、個別の技では伊賀に劣っている。

もちろん、剣術も嗜《たしな》んではいるが、それだけに重きをおいてはおらず、弓、手裏剣などの武術、山谷走破の体術なども身につけている。

ようは中途半端である。

まともに剣術を学んでいない甲賀者が、天下第一と自負する柳生の庄の道場へ、教えを請うのはいささか無理があった。

「剣術にすべてをかけた者ばかりの道場に、刀の振り方くらいは知っていますという、我らが入門を希望して、受けいれられるか」

「裏があると思われるな」

山岡の話に、横川も同意した。

「むう」

曾根がうなった。

「だが、他に手はないな。秋山修理亮さまのお指図は、柳生但馬守さまの庶子を見張れというものだ。柳生の庄におらずば、お役目は果たせぬぞ」

横川が苦悩の末に決断した。

「ばれてもよいのか」

驚いた山岡が確認を求めた。

「開き直るしかなかろう。剣術を学びたくなったとな」

「無理があると思うぞ」

山岡がため息を吐いた。

「何年もかけられるものではない。秋山修理亮さまはお気が短い」

小さく横川が首を横に振った。

「それに剣術修業が嘘《うそ》だとばれても正式な訪問であれば、向こうも手出しできにくい。

それとも他に数日以内に手配できるいい手段があるならば、別だが」

横川が付け加えた。

「……やむを得ぬか」

代替案がでなかった山岡が不承不承認めた。

「では、行くぞ」

二人を促して、横川が柳生領へと足を踏み入れた。

「……伊賀の衆よ」

あたりに人の姿がないことを確認した横川が、無人と思われる山に呼びかけた。

「何者だ」

山裾の林のなかから誰何《すいか》の声が返って来た。

「甲賀の者である」

「その甲賀者が何用じゃ」

誰何した伊賀者が詰問した。

伊賀と柳生は交流が盛んである。もともと山一つ隔てただけという地理的な近さもあったが、どちらも貧しく身体《からだ》を張らなければ喰《く》えなかったとの心情のつながりもある。

決定的になったのは、本能寺《ほんのうじ》の変であった。

ごくわずかな供だけで堺《さかい》へ遊んだ徳川家康は、本能寺の変で織田信長《おだのぶなが》が明智光秀《あけちみつひで》によって害されたことを京への帰途に知った。

大坂から領国三河《みかわ》へ戻るにも、京は明智光秀の支配下にあり、その向こうの近江坂本《さかもと》は明智の本城である。

「ここで織田の兄に殉ずる」

武将として、討ち果たされて首を獲《と》られるほどの恥はない。徳川家康がその場を去らずに切腹すると言い張った。

「なにとぞ、吾に御身預けたまえ」

それを遮ったのが供回りとして同行していた服部半蔵正成《はっとりはんぞうまさなり》であった。

服部家は代々伊賀の地侍であったが、未来《さき》を悲観した半蔵の父服部保長《やすなが》が三河へ移住、松平家に仕官した。さらに服部半蔵が武田信玄《しんげん》の遠江《とおとうみ》侵略を迎え撃った三方ヶ原《みかたがはら》の戦いで卓越した手柄を立て、徳川家に付属していた伊賀者の支配を任せられたという経緯もあり、堺から大和、そして伊賀を抜け、桑名《くわな》へ出る道に伝手《つて》があった。

「ここで死ぬも、大和で腹切るも同じか」

徳川家康が服部半蔵の勧めに従った。

に話を通した。

「柳生と、伊賀へ話をつけろ」

服部半蔵は己が供として連れてきていた伊賀者に先行させ、大和柳生、伊賀の両方に話を通した。

このころ、柳生家は国人として独立していた。

もともと柳生家は大和の国人で、のち三好《みよし》家の家老を兼ねていた松永久秀に属していた。その松永久秀が織田信長と敵対し、滅ぼされて以来どこにも属さず、柳生の庄に引きこもり、天下から距離を取っていた。

そこへ服部半蔵からの依頼である。

「柳生は敵対いたしませぬ」

ときの柳生家当主であった宗矩の父石舟斎は、伊賀まで抜ける手助けはすると応じ、伊賀の郷《さと》までの行路を保証した。

これが徳川家康と柳生家を結びつけた。

このときの縁が、後に浪々の身となった柳生を救った。文禄《ぶんろく》三年（一五九四）、徳川家康に召し出された柳生石舟斎は、その場で新陰流の奥義無刀取りを演じて見せ、剣術指南役の座を獲得した。

もっとも柳生石舟斎は、その役に息子宗矩を推挙し、己は全国行脚《あんぎや》を続けたが、徳川家康生涯最大の危難と言われる伊賀越えでの出会いがなければ、他の大名家に招かれて演武《えんぶ》をしたときと同じように、技を見せるだけで終わっていた。

伊賀越えでの恩義に徳川家康は、二百石というわずかな禄ながら報いたのであった。

こういった経緯もあり、伊賀と柳生はいまだに強く結びついていた。それがこの伊賀者の結界と呼ばれる警固であった。

「剣術修業を望む」

「甲賀者がか」

横川の答えに、伊賀者が鼻で嗤《わら》った。

「いかぬか。甲賀与力として江戸城大手門の警衛を任されておるのだ。剣術を学ぼうと考えて当然であろう」

山岡が言い返した。

「忍が門番で満足するか」

「なにっ」

嘲弄を続ける伊賀者に、曾根が激した。

「平らにせい」

横川が曾根を制した。

「挑発は止《や》めてくれ」

「このていどのことで怒るとは、まさに甲賀は忍でなくなったな」

文句をつけた横川に、伊賀者の声がより下卑《げび》た。

「通ってよいな」

相手にしてられぬと横川が告げた。

「道場での入門が認められるかどうかは、知らぬぞ」

「そこまで伊賀に頼る気はない」

追いかけて来る伊賀者の声に、横川が素っ気なく応じた。

「庄への滞在もゆるされるかの」

「断られたそのときは、奈良にでも宿を取り、通うだけよ」

まだ言い募る伊賀者へ横川は振り返りもせずに告げた。

「どちらにせよ、我らの目からは逃れられぬ。馬鹿なまねはするな」

そう脅して伊賀者の気配が消えた。

「横川……」

曾根が不満げな顔をした。

「放っておけ。伊賀は我ら甲賀を羨んでいるのだ」

「羨んでいる……」

横川の言葉に曾根が怪訝な顔をした。

「江戸にいる伊賀者をみろ。あやつらは同心でしかない。禄も三十俵あるかないかだ。それに比して甲賀は一部とはいえ与力としてある。禄も多い」

甲賀者は幕府から全体として四千石を与えられている。これを与力十人、同心百人で割っていた。

「僻《ひが》んでいるのか」

曾根が笑った。

「……おいっ」

大口を開けた曾根に向かって、松笠《まつかさ》が飛んできたのを山岡が弾《はじ》いた。

「なにっ」

曾根が絶句した。

「見張っていると言ったな、たしかに。これは面倒だ」

横川が苦い顔をした。

柳生十兵衛に叩き起こされ、夜明け前から木刀を振らされる。体力のない一夜なので、稽古は昼まで続かないが、それでも手の皮、足の皮はめくれた。

薪《まき》の消費の問題もあり、風呂は三日に一度だけである。だが、そのたびに一夜は悲鳴をあげていた。

「染みる……」

「なんでこんな辛いまねをしたがるねんやろ」

湯を溜《た》めた樽《たる》のなかで痛む筋や節々をさすりながら、一夜がぼやいた。

「もう戦なんぞ、ないねんで。剣術は要らん。人を殺す技を身につけるよりも、人を生かす勘定を学ぶべきやろう」

硬くなった関節を鳴らして、一夜はあきれた。

「それにしても、毎日入門希望の者が来る。そんなに剣術って魅力があるんやろうか。それとも十兵衛はんの名前がそれだけ高いということかいな」

湯に浸《つ》かりながら、一夜が首をかしげた。

「数えたわけやないけど、今でも百人はこえている。そのうち家中の者《もん》は、両手ほどや」

まだ柳生家は一万石の軍役に応じただけの家臣を抱えていない。六千石のときと同じだが、そのほとんどは江戸におり、国元には家臣というより年貢を徴収する代官でしかない庄屋兼任ばかりであった。

「残りは剣術を教えてもらいに来ておる。一度、十兵衛はんに訊いてみなあかんな。束脩《そくしゅう》は取っているのか、取っているならいくらもろうてるのかを。うまいことやれば、ちょっとした収入になるんと違うか」

一夜が考え出した。

「他国から来た者は道場に住みこむか、近隣の百姓屋に間借りしている。間借りは、いくらかの金を払うてるやろうけど……住みこみはどうなんやろ。食い扶持くらいは納めてるんやろうか。柳生の米や野菜を道場で買わせることができたら、大坂や奈良まで運ぶ手間がのうなる。そこに束脩が年に一両でも入ってくれたら……百人も門弟がいてたら、百数十両になる。道場の損耗代、米や野菜の仕入れを引いても、八十両は残る。幸い、十兵衛はんは、一門や。金は要らん」

頭のなかに算盤を置いて、一夜が勘定を始めた。

「純粋な儲けが八十両か。門弟を百五十人にしたら百両は残る。これは二百石の新田を開発するより儲かるがな」

一夜が突然立ちあがった。

「ええ商売になるわ」

身体を拭くのもそこそこに与えられた部屋に戻った一夜が、思いつきを柳生但馬守に提案するための書付を書き始めた。

第五章　衝突する思惑

一

　他人《ひと》に訊《き》かなくても、柳生《やぎゅう》道場はすぐにわかる。そこから大声、すさまじい音が庄中に響いていた。

「御免」

「どおれえ」

　玄関で訪《おと》ないを入れた横川《よこかわ》に、近くにいた若い門弟が応じた。

「我ら江戸に在する者どもでござるが、こちらの名声を伺い、是非とも門弟の端に加えていただきたく、参上つかまつりましてござる。道場主どのにご披露願いたく」

「承ってござる。しばし、これにて控えられよ」

若い門弟が、すっと道場の奥へと引いた。

「師範」

「入門希望か」

広いとはいえ、道場は一間のようなものである。上段から玄関まで見通せる。

柳生十兵衛《じゅうべえ》が若い門弟に確認した。

「三名、入門を求めております る」

「どこの者だ」

「江戸から来たと」

「旗本か……わかった。会おう」

聞いた柳生十兵衛がうなずいた。

「では、こちらに案内いたしまする」

若い門弟が一礼して、玄関へと向かった。

「師範」

「空太郎《そらたろう》、どうした」

すっと寄ってきた門弟の一人に、柳生十兵衛が問いかけた。

「甲賀者《こうかもの》でございまする。挨拶はございました。剣術修業したいと」

「気に入らぬのだな」

空太郎の口調から、柳生十兵衛が悟った。

「…………」

「気にとめておく」

黙った空太郎に、柳生十兵衛が囁《ささや》いた。

「師範、入門希望の者でございまする」

若い門弟が横川たちを引き連れて戻って来た。

「お初にお目通りをいたしまする。わたくし江戸の甲賀組に属しておりまする横川四《し》郎五郎《ろうごろう》、これは同役山岡達形《やまおかたつなり》、同じく曾根《そね》散三郎《さんざぶろう》」

「柳生十兵衛である」

名乗った横川たちに、柳生十兵衛が応えた。

「剣術を修業いたしたいとか」

「はい。我らは江戸城の大手門を預けられておりまする。お役目に尽くすためには、剣術の素養が要ると感じまして」

「ふむ。理屈はわかるな。しかし、わざわざ柳生の庄まで来たのはなぜだ。江戸にも剣術道場ならいくつでもあろう」

　語った横川に、柳生十兵衛が疑問をぶつけた。

「たしかに最近、道場が増えて参りました。しかし、徳川《とくがわ》家に仕える者として、端《はし》とはいえ、やはり将軍家がお選びになった新陰流《しんかげりゅう》を学びたく思いまして。とはいえ、江戸の柳生は、直接将軍家さまのお相手をなさいまする。わたくしどものような身分卑しき者が門を叩《たた》くのは無礼にあたりまする。そこでこちらでは、どこの者でも願えば、お教えいただけると伺いまして」

「なるほどの。わかった。入門を許す」

　横川の説明を柳生十兵衛が受けいれた。

「かたじけのうございまする」

　三人の甲賀者が揃《そろ》って頭を下げた。

「さて、稽古に入る前に、まずは宿を決めて参れ」

「道場でお世話になることはかないませぬか」

　住むところを探せと言った柳生十兵衛に、横川が願った。

「内記《ないき》」

　柳生十兵衛が、瞑想《めいそう》をしていた門弟を呼んだ。

「御用でございまするか」

内記と呼ばれた門弟が、柳生十兵衛の前で控えた。

「この者が、住みこみの門弟たちの肝煎《きもい》りをしておる。内記、江戸から来た修業者である。頼む」

柳生十兵衛が横川たちを紹介し、後事を内記に託した。

「はっ。内記じゃ。ここで修業する者で、道場に寝泊まりをしておる者のまとめ役のようなものをいたしておる。師範が拙者に預けたということは、道場に滞在したいのだな」

「横川でござる。お世話になりまする。できましたら、道場での滞在をお願いいたしたく」

内記の確認に、横川が首肯した。

「正直なところ、道場はすでに立錐《りっすい》の余地もない」

「無理だと」

「道場ではなく、廊下でよければ……」

落ちこんだ横川に内記が告げた。

「廊下でも結構でござる。雨露さえしのげれば」

横川が喰《く》い付いた。

「ならば結構でござる。あの奥の廊下をお使いなされ。食事は各自で用意していただくことになっておる。風呂はござらぬ。井戸か、川でご自在に。ただ、あまりながく身体《からだ》を清められぬようであれば、道場から出ていただく。道場は清浄でなければならぬ」

「委細承知いたした」

内記の注意を横川が承諾した。

「では、荷物を置いて、稽古に参加できる格好へ」

「承知」

横川が首を縦に振った。

道場の隅で一夜《かずや》は門弟たちの様子を見ていた。

「門弟が何人おるか……そんなもの数えたこともない」

「束脩《そくしゅう》……ときどき受け取ってはおるが、時期も金額も決めておらぬ。剣術を学ぼうという意志が大事であるゆえな」

「道場での寝泊まり……無料ぞ。その代わり、掃除や雨漏り修繕などは、させておる」

先夜風呂で一夜が思いついた道場を金にするという案は、最初の段階で躓《つまず》いた。道場主たる柳生十兵衛がまったくなにも気にしていなかったのだ。

「せめて人数だけでも把握しておいて欲しいわ」

それ以降一夜は午前中の稽古という拷問を終えた後も、道場に残って門弟の調査をおこなっていた。

「また増えたんか」

一夜がうんざりした。

門弟の数が数日かかっても正確に把握できていなかったのだ。

昨日までいたのがいなくなっていたり、見たこともないのがいきなり増えていたりする。

「帳面が要るなあ」

小さく一夜が嘆息した。

「楽して金儲《かねもう》けはでけへんと、お爺《じい》はんが言うてたのは、ほんまや」

一夜は筆を置いて、腰を落とした。

「どうした、休憩か」

目敏《めざと》く見つけた柳生十兵衛が近づいてきた。

「……ちょっと休もうかと」

「よし、稽古をつけてやる」

「疲れたから、休もうと言うてますやん」

一夜が抵抗した。

「頭が疲れたときは、剣を振って無になるのが一番だぞ」

柳生十兵衛はあっさりと一夜の抵抗を排除した。

「素振りばかりでは飽きたであろう」

「いや、まだ素振りでええかなと」

「どれくらいうまくなったか、見てやろう。初めてのときに対峙《たいじ》して以来だ。どのくらい変わったか、楽しみである」

「剣術遣いちゅうのは他人の話、聞かへんなあ。一回だけやで」

しっかりと腕を摑《つか》まれている一夜は、あきらめた。

「よし、行くぞ」

木剣を構えるなり、柳生十兵衛が間合いを詰めてきた。

「格下から行くもんやろうが」

一夜が慌てた。

「とうあ」

木剣の間合いになった途端、柳生十兵衛が撃ちこんできた。

「うわあ」

かろうじて一夜は木剣を盾にしたが、あっさりと弾《はじ》き飛ばされた。

「痛たたたた」

「………………」

床で腰をしたたかに打った一夜が苦鳴をあげるのを、柳生十兵衛がじっと見ていた。

「なぜ避《よ》けなかった」

柳生十兵衛の目つきが険しくなった。

「避ける間なんぞおまへん」

「偽りを申すな」

首を左右に振った一夜に柳生十兵衛が嚙《か》みついた。

「へっ」

腰を落としたままで一夜が啞然《あぜん》となった。

「最初の対峙を忘れたとは言わさぬ」

逃がすかとばかりに柳生十兵衛は一夜に迫った。

「あのとき、おまえはあの一撃を避けた」

「二度目は動けまへんでしたやろ」

あわてて一夜が否定した。

「殺気の有無か……」

柳生十兵衛が考えこんだ。

「……あっ」

注意がそれた隙に逃げだそうとした一夜だったが、しっかり袴《はかま》の裾を踏まれていた。

「立て」

「はい」

足を外され、命じられた一夜が従った。

「一度目は認めるのだな」

「偶然……ではすましてくれまへんか」

「今まで我慢したのだ。ずっとその謎を見抜こうとしていたが、まったくわからぬ」

一応言ってみた一夜に、柳生十兵衛が首を横に振った。

「あのときは本気やおまへんやったやろ」

一夜が確かめた。

「ああ。どう見ても剣術の素養はなさそうだったからな。隠しているのかと思い、確かめただけだった」

「しゃあからですわ」

「なにがだ」

納得した一夜に柳生十兵衛が首をかしげた。

「それは……」

しゃべりかけた一夜が、ふと気配を感じた。

「な、なんやねん」

周囲の門弟たちが稽古を止《や》めて、一夜たちの遣《や》り取りに聞き耳を立てていた。

「……これは」

柳生十兵衛も気づいた。

「稽古を続けよ。付いて来い」

注目している門弟たちに、柳生十兵衛が言いつけ、一夜を誘って道場の外へ出た。

「聞いたか」

「ああ。しかし、考えられぬ。あの弟どのが十兵衛さまの一撃を避けたなど」

残った弟子たちが、顔を見合わせていた。

「おいっ、横川」

「ああ。曾根」

「任せよ」

遠目に見ていた三人の甲賀者たちがうなずき合った。

二

道場を出た柳生十兵衛は、前の坂を下るのではなく、登った。

「ここは……」

「左門《さもん》の屋敷だと前に教えたであろう」

柳生十兵衛が淡々と告げた。

「付いて来い。逃げるなよ」

釘《くぎ》を刺して柳生十兵衛が、屋敷のなかへと進んでいった。

「……お邪魔しますで」

続けて一夜も門を潜《くぐ》った。

「左門」

遠慮なく玄関をあがった柳生十兵衛が呼んだ。

「兄者か。どうなされた」

すっと音もなく、柳生左門が背後から現れた。

「うひゃあ」

背中からの声に一夜が悲鳴をあげた。

「この者は」

「末の弟らしい」

左門の問いに十兵衛が答えた。

「ああ、大坂で父が手を出した商家の娘が産んだとかいう」

「ど、どうも」

なんの感情も含まれていない声に、一夜が怯《おび》えた。

「で、兄者、この者を連れてなにをなさりに」

「立会人を務めてくれ」

「……この者と仕合をなさるおつもりでございますか」

十兵衛の求めに、左門が一夜を見た。

「犬と立ち合ったほうがましでしょう」

「そう見えるだろう」

「…………」

冷たく言う左門に十兵衛が同意し、一夜は鼻白んだ。

「まあ、見ればわかる」

十兵衛が屋敷の奥へと進んだ。

「……道場」

連れられた一夜が驚いた。

屋敷の奥には、見事な道場があった。

さすがに下の柳生道場ほどの規模はないが、それでも数人が稽古や仕合をするには十分な広さであり、なによりも黒光りするほど磨き込まれた床板、隙間のない羽目板、十二分な明かりを確保できる大きな無双窓《むそうまど》と、大名が使うような立派なものであった。

「公方《くぼう》さまがお見えになったとき、わたくしがお相手をするために造らせたもの」

驚いている一夜に左門が述べた。

「ここに足を踏み入れてよいのは、公方さまと柳生の者のみ」

左門がじろりと一夜を見た。

「おまえは、父の子か」

氷のような声で左門が訊いた。

「知らん。生まれてこのかた、父やと名乗られたこともない」

一夜が逃げ腰で言った。

「偽者だと」

「勝手に偽者扱いすんな。わいは大坂で一番といわれる唐物問屋淡海屋《おうみや》の孫じゃ。一万石ていどの貧乏大名に、下扱いされる謂《い》われはないわ」

左門の言葉に一夜が反発した。

「兄者、この始末どうしてくれる。公方さまがお出《い》でになる前に、商人風情がこの道場を汚したぞ」

「落ち着け、左門。見ていればわかると申したはずだ。おい、一夜。木剣を手にしろ。そのままだと、左門に殺されるぞ」

怒る左門を抑えながら、十兵衛が一夜に命じた。

「…………」

萎えそうな気力を振り絞って、一夜が木剣を手にした。

「左門、少し離れろ」

「わかった」

十兵衛に言われて左門が道場の入り口付近まで引いた。

「逃がさん気やな」

道場に出入りできるのはそこしかない。一夜がため息を吐《つ》いた。

「さて、行くぞ」

ゆっくりと十兵衛が近づいてきた。

「どうにでもせいや」

一夜は開き直った。

「せいっ」

十兵衛が打ちかかってきた。

「…………」

すっと一夜がそれをかわした。

「なにっ」

後ろで見ていた左門が驚愕《きょうがく》の声を漏らした。

「とうう」

腰を落とした十兵衛が、木剣を斜めに斬りあげた。

「うわっ」

ばたつきながらも、一夜は身体を斜めにして避けた。

「むっ」

左門が目を見開いた。

「おうりゃあ」

続けて十兵衛が薙《な》いできた。

「なんのっ」

腰から落ちるようになりながらも、一夜はこれも空を斬らせた。

「ふうむう」

小さく左門が唸《うな》った。

「ここまで」

一夜が転んだところで、十兵衛が仕合の終了を告げた。

「……はああ」

木剣を杖代わりにして、一夜が盛大な息を吐いた。

「どうだ、左門」

木剣を下げた十兵衛が、左門に問うた。

「しばし、兄者……そなた一夜と申したな」

左門が十兵衛にしばしと掌《てのひら》を見せた後、一夜に顔を向けた。

「さいで」

一夜がうなずいた。

「武術を学んだことはあるのか」

「そんなもん、おまへんわ」

座ったままで一夜は左門の質問に首を左右に振った。

「なぜだ。そなた柳生但馬守《たじまのかみ》の息子だと知っていたのだろう」

「戦はもうおまへんねんで。ないものに備えるほど、暇やない。商いは生きもんや。一瞬気を許しただけで、大損する」

首をかしげた左門に、一夜が言い返した。

「まことか」

左門が鋭い声で詰問した。

「……ひっ。怖い兄弟やなあ。目つきだけで人殺せそうや」

一夜が座ったままで、後ろへ下がった。

「偽ってなんの意味があると。刀も槍《やり》も弓も、習ったことなんぞない」

「そうか。兄者」

必死で否定する一夜から、左門が目を外した。

「わかったか」

十兵衛が左門に近づいた。

「わたくしと仕合っていただきたい」

「おう、よいぞ。左門と剣を交わすのも久しぶりだ」

左門の要求に、十兵衛が喜んで応じた。

「飛燕《ひえん》は使わず、ただ剣の技量のみでお願いいたしたい」

「よいともよ」

十兵衛が左門の条件を吞《の》んだ。

飛燕とは柳生十兵衛が編み出した剣術の技である。その疾《はや》さ避けるに能《あた》わずと言われた必殺の剣であった。

「貸してくれ」

左門が一夜に手を伸ばした。

「あっ、えっ……ああ」

呆然《ぼうぜん》と二人の遣り取りを見ていた一夜が、木剣を左門に差し出した。

「離れておれよ」

「見ておけ」

巻きこまれないようにしろと十兵衛が諭し、左門が仕合を見学しろと命じた。

「まだ帰らせてもらわれへんのか」

文句を言いながら一夜が這《は》うように、道場の壁際へ避難した。

「では、兄者」

「うむ」

道場の中央で十兵衛と左門、兄弟の仕合が始まった。

「参りまする」

最初に左門が動いた。軽く膝を曲げ、上体を一切揺らすことなく左門が間合いを詰めた。

「はあ、凄《すご》いな。割れたらあかんもんを運ばせたら、安心できる」

妙な感心を一夜がした。

「…………」

無言で間合いに踏みこんだ左門が、十兵衛に向かって木剣を突き出した。

「ひっ」

「ふん」

その鋭さに一夜が漏らしかけた悲鳴と、十兵衛の余裕の吐息が重なった。

「とう、おう、やあ」

首をずらして突きを逃がした十兵衛へ、左門が薙ぎからの上段斬り落とし、さらに、下段跳ね上げと、連続して一撃を繰り出した。

「一人でも稽古は欠かしておらぬようだな」

そのすべてに無駄を重ねさせながら、十兵衛が左門を褒めた。

「届かぬとは思っておりましたが、廻国《かいこく》修業でより底がみえなくなりました」

左門が間合いを開けて、十兵衛を賛した。

「天下は広いぞ。名を隠した達人は多い。何度道場の床を舐《な》めたことか」

十兵衛がため息を吐いた。

「それは凄いと思いまするが、将軍家の剣術指南役に求められるのは、無敵ではございませぬ。生き汚さは不要」

左門が十兵衛の修業を否定した。

「いいや、それは違う。将軍家剣術指南役は、公方さまになんとしても生き延びる方法をお教えすべきである」

十兵衛が左門の考えを逆に否定した。

「将軍は天下の武家の頭領でござる。そのお方にはふさわしいおこないというものがあって当然」

左門が首を横に振った。

「生き延びたとしても、後々未練者と陰口をたたかれるようでは、将軍としてのお名に傷が付きまする」

「名前なんぞ傷ついたところで、生きていればいくらでも返上できる。もし、公方さまが襲われて亡くなられたら、警固の武士たちは咎《とが》められる。敵を討ち取り生き延びた者は腹を切らねばならず、死した者は名誉を奪われて、家を潰される。もし、公方さまに逃げていただければ、死んだ者は役目を果たしたとして、家の継承が許される。敵を討ち取った者は手柄となって出世する」

「公方さまをお守りできなければ、旗本が死すのは当然でござる」

兄弟の話はずっと交わらなかった。

「やれ、いくぞ」

十兵衛があきれながら、仕合の再開を告げた。

「おう」

左門が木剣を青眼に構えた。

「おっうや」

「つう」

一瞬で間合いを詰めた十兵衛の一撃を、左門が声を出して防いだ。

「しゃあ」

木剣を押しこんだ十兵衛が左門の反発を利用して木剣を引き、そのままさらなる一撃を繰り出した。

「なんの」

十分な引きなく繰り出された十兵衛の木剣を、左門は余裕で受けた。

「あっ」

一夜が声をあげた。

「素直すぎるわ」

打ち合った場所を支点に、十兵衛が木剣を回して、柄を左門に向けて撃ちだした。

「くうう」

柄で手を打たれた左門が、顔をゆがめて後ろへ跳んで間合いを開けようとした。

「だから、甘いと申した」

それを読んでいた十兵衛が、追随した。

「くっ」

余裕を取り戻す前に、追撃を喰らった左門が顔をゆがめた。

「遅いわ」

十兵衛が木剣を袈裟《けさ》懸《が》けに振った。

「ちいいい」

左門はかろうじて、これを止めた。

「しゃあ、とうりゃあ、せい」

しかし、十兵衛は木剣を止めることなく、何度も攻撃した。

「………………」

声を出すこともできず、左門はこれを受け止め続けた。

「とうあああ」

大きな気合い声を出して、十兵衛が木剣をぶつけた。

「……あっ」

受け止めているうちに、指の力を失った左門の手から木剣が弾き飛ばされた。

「これまでっ」

十兵衛が自ら仕合の終わりを宣した。

「……あ、ありがとうございました」

一瞬唖然とした左門が、吾《われ》に返って頭を下げた。

「隙がなさすぎましてござる。廻国修業で身につけられたのでございますか」

左門が尋ねた。

「普通に毎日修業していれば、これぐらいはできる」

十兵衛が笑った。

「どうして……」

一夜が思わず漏らした。

「どういう意味だ」

十兵衛が聞き咎めた。

「あっ」

急いで一夜が口を塞いだ。

「なにが言いたい」

左門も一夜を見つめた。

「……しくじったなあ。でも、いまさらなかったことには……」

「せぬな」

「するわけなかろう」

ため息を吐きながら二人の顔色を窺《うかが》った一夜に、十兵衛と左門が首を横に振った。

「言え」

十兵衛が木剣を一夜の鼻先に突きつけた。

「言いますよって、これをどっかにやっておくれやす。いつ突き殺されるかと震えて、しゃべれまへん」

「それだけ言えて、震えるわけなかろうが」

苦笑しながら、十兵衛が木剣を下げた。

「左門はんでしたっけ、なんで避けずに受けはりますねん」

まず一夜が、左門に尋ねた。

「兄者の一撃ぞ、疾すぎて避けられぬ。なんとか受け止めるのがせいぜいである」

左門が答えた。

「動くとわかっていれば、なんとかなりますやろ」

一夜が首をかしげた。

「出だしがわかるのか」

十兵衛が身を乗り出した。

「ちょっと見ていれば、わかりまっせ。癖がありますよって」

「癖だと。どんな癖だ」

一夜の言葉に、十兵衛が迫った。

「首ですがな」

ため息を吐きながら、一夜が十兵衛の首を指した。

「……首」

十兵衛が右手で首を触った。

「首というか、付け根というか」

一夜が己の首の下のほうを触った。

「この辺が、出はる前にわずかに動きますねん。真っ直《ます》ぐ出るときは喉のくぼみのところが、右に出るときは左の付け根が、左に出るときは右の付け根が、ほんのわずかだけ皮膚が伸びますねん」

「…………」

聞かされた十兵衛が絶句した。

「そんなところが……」

左門も息を呑んだ。

「来いっ、左門」

「はい」

十兵衛の誘いに、左門が応じた。

「行くぞ」

そのまま十兵衛が左門相手に木剣を振った。十二分に間合いを開けてのものであったため、左門は避けたり受けたりせず、じっと見つめられた。

「……どうだ」

二十回ほど木剣を振るった十兵衛が動きを止めて、左門に訊いた。

「撃ってきてください」

「おう」

左門の要求に十兵衛が応じ、間合いに入って木剣を振った。

「……なるほど」

そのすべてを左門はかわした。

「なんということだ」

「馬鹿な」

左門と十兵衛が、一夜を見つめた。

三

甲賀者曾根は、道場を出た柳生十兵衛と一夜の後をかなり離れたところから付けていた。

「見通しがよすぎる」

曾根が愚痴を口のなかで呟《つぶや》いた。

柳生道場から柳生友矩《とものり》の屋敷までは、一町（約百十メートル）ほどの坂道が真っ直ぐに伸びているだけで、左手に木立はあるがそれも道場建築のときに伐採された雑木林の名残ていどで、あまり役立つとは思えなかった。

「下草を完全に刈っている。これは忍《しのび》の仕業だ」

林のなかで身を隠すには、下草が必須であった。よほどの大木でもないかぎり、幹に身体を隠せず、どこかははみ出る。それを見逃すほど、柳生は甘くないと曾根は理解していた。

「あの屋敷は十兵衛の……」

曾根は屋敷が柳生友矩のものだとは知らなかった。

「……左門だと。左門といえば柳生友矩さまではないか」

後を付けてじっと屋敷の塀に張りついた曾根の耳に、十兵衛の声が聞こえてきた。

「左門さまは、体調を崩されて国元で療養と聞いている。それか、ここは」

将軍寵臣《ちょうしん》の動静は、誰もが気にしている。大手門の出入りを見守る甲賀組も柳生左門友矩のことを気に留めていた。もし、左門が大手門を通過しているときになにかあれば、甲賀組が将軍の怒りを買いかねないのだ。

「……なかに入ったか」

すっと曾根が塀を乗りこえた。

「いけるか……」

曾根が屋敷を上から下まで見て、床下を選んだ。

人の気配を追って床下を進んだ曾根を、壁が阻んだ。

「四方ともに塗り壁か」

壁伝いに一周した曾根がため息を吐いた。

「……道場らしいが、厳重な。誰がこんなところまで来て、なかの人物を襲うというのだ」

曾根があきれた。

道場では、十兵衛と左門が、一夜を驚きの目で見つめていた。

「どうして、気づいた」

十兵衛が問うた。

「じっと見てたらわかりますやろ」

見ていれば気づくと一夜が言った。

「そなたに言われるまで、気づかなかった。公方さまのお相手を何度かさせていただき、お誉《ほ》めいただいた拙者が気づかなかったのを、そなたはたった一回で見抜いた」

左門が首を左右に振った。

「何度も達人と呼ばれる者たちと仕合をしたが、誰一人として気づかなかったのだぞ」

十兵衛も怪訝《けげん》な顔をした。

「それは気づかない振りをしただけと違いますやろうか」

「気づかない振り……なぜそのようなことを」

一夜に言われた十兵衛が困惑した。

「わかりまへんか。十兵衛はんは、将軍家剣術指南役の御嫡男、いわば、次の剣術指南役ですわ。その剣術指南役を倒してしまっては、将軍家のご機嫌を損ないますやろ」

「忖度《そんたく》されたと申すか。そのようなはずはない。剣術というのは、強さがすべてである。権威など、真剣を前にしてはなんの力もない」

十兵衛が強く否定した。

「本気で言うてはりますん」

思わず一夜が訊いた。

「………………」

「黙ったということは、それくらいわかっていたと言うことですやろ」

突っこまれて沈黙した十兵衛に、一夜が念を押した。

「いや、おかしいだろう。なぜ、実力を隠す。兄を倒せば、その者が天下の達人として讃《たた》えられ、将軍家剣術指南役としてお取り立てになるやも知れぬのだぞ。そうなれば、流派の名前は上がり、弟子で門前市をなすぞ」

左門が口を挟んだ。

「それを望まぬお人もいてはります」

「馬鹿を申すな。公方さまのお側《そば》にお仕えできるというのは、武家にとって末代までの誉れである。それをなす好機を失うなど、ありえぬ」

　一夜の意見を左門が切って捨てた。

「うわあ」

　一夜が身を震わせた。

「こういうお人ですねんな」

「左門は公方さま大事であるからな」

　確かめる一夜に、十兵衛がうなずいた。

「目立ちたくないというお方も世のなかにはいてはります」

「そんなはずはない」

「十兵衛はん……」

　強く打ち消した左門を見て、一夜は十兵衛に救いを求めた。

「左門、ちょっと抑えろ」

　十兵衛が左門をなだめた。

「しかし、公方さまにお仕えすることを望まぬ者がおるなどと、妄言を吐くなど許せることでは……」

「抑えろ」

まだ言い募る左門を十兵衛が制した。

「続けてくれ」

「へえ。まあ、そういう目立ちたくない方にとって、将軍家剣術指南役なんぞ疫病神ですわ」

「なぜ目立ちたくないのだ」

十兵衛が質問した。

「将軍家剣術指南役になると名誉ですやろうが、不意に思い立って山へ修業に入るとか、強敵を求めてさすらうなんぞ許されまへんやろ。ましてや、負けたとなっては大事」

「たしかにの。将軍家剣術指南役には守らねばならぬことが多い。だからこそ、拙者は部屋住みの間に廻国修業をしたのだ。今ならば、負けても将軍家剣術指南役としてふさわしくないと言われることはないからな」

一夜の話を十兵衛が認めた。

「…………」

十兵衛は納得できても左門は理解できないのか、不満そうな顔で一夜を睨《にら》んだ。

「で……見抜いていた者がいただろうというのは、わかった。だが、それをなぜそなたもわかったのだ」

左門にあきれるような顔を見せながら、十兵衛が尋ねた。

「商いちゅうのは、相手をよう観察することですねん」

「……意味がわからん」

一夜の言葉に、十兵衛が戸惑った。

「どれほど相手がこの品を欲しがっているのか、どれだけ相手がその商品を売りたがっているか、それを見抜いて値段の交渉をする。少しでも安く仕入れ、少しでも高く売る。それが商いの極意。なにせ相手はこっちを思いどおりにしようと嘘と真《まこと》を混ぜてきます。それを見抜けな大損します」

「そのていどで見抜けたというのか。商売などという卑しき行為が剣術という気高き武芸より上だと申すのか」

左門が食ってかかった。

「もうよろしいか。話する気なくなりますわ」

「……まったく。仕方のない奴《やつ》じゃ。あいわかった」

嫌気が差したと告げた一夜に、十兵衛が嘆息した。

「兄者……」

まだ噛みつこうとした左門が目つきを変えた。

「鼠《ねずみ》だな」

十兵衛の表情が変わった。

「…………」

「殺気は感じぬな」

二人の変化についていけない一夜を置いて、二人が会話を続けた。

「ほとんど来ぬ。伊賀《いが》者が片付けているのかも知れぬ」

「最近はどうだ」

十兵衛に訊かれた左門が答えた。

「ならば、あやつらか」

思いあたる節があると十兵衛が語った。

「道場に甲賀者が」

左門が眉間にしわを寄せた。

「今まではなかったのだがな。どうやら大名になったとたん、面倒ごとが増えた」

ちらと十兵衛が一夜を見た。

「わいもでっか。こっちこそ面倒やのに」

一夜がぼやいた。

「どういたそう。討ち果たすか」

嫌そうな顔の一夜を無視して、左門が十兵衛に尋ねた。

「正体が知れていれば、いつでも片付けられる。そなたへの刺客でなければ、放置しておく。利用できるかもしれぬしの」

十兵衛が小さな笑いを浮かべた。

「では、帰ろう。おい、一夜」

さっさと歩き出した十兵衛が、付いて来ない一夜に声をかけた。

「少し、左門はんから聞きたいことがおますねんけど」

「ならぬ」

一夜の要望を、十兵衛が一蹴した。

曾根を送り出した後、残った横川と山岡は、稽古相手を求める振りをして、一夜のことを訊いた。

「初心の者でござるが、一手ご教示いただけまいか」

「おおっ、新たな御仁か。剣術を柳生の地にて学ぼうとする者に、先達も後進もござらぬ。同じ思いを持つ者、互いに研鑽《けんさん》を積みましょうぞ」

下手に出た横川に申し込みを受けた門弟がうなずいた。

「かたじけなし。では、ご指導を願いまする」

「おいでなされ」

横川の求めに、門弟が応じた。

「……参りましてございまする」

ひとしきり稽古仕合を繰り返したところで、横川が一礼した。

「いやいや。なかなかよき筋をなされておられるようじゃ。腰がそこまで据わるには、なまなかな苦労ではすまなかったでござろう」

門弟が感心した。

「とんでもない」

謙遜しながら横川が、ふと思い出したような顔をした。

「入門のお許しをいただくときに、柳生さまにはお目通りをいただきましたが……お隣におられたお方はどなたさまでしたでしょう。なにやら、先ほどお二人で出かけられたように見えましたが」

「師範の隣……といえば、弟どのであろう」

「弟……左門さまでございまするか」

大手門番で何度も左門の姿を見かけている。違うとわかっていながら、横川が尋ねた。

「いや、左門さまではござらぬ。左門さまはこの道場の上のお屋敷に籠もられて、滅多にお姿を現されぬ」

門弟が首を左右に振った。

「あれはもうお一人の弟どのらしゅうござる。たしか一夜どのと言われたはず」

左門にはさまを付けていた門弟が、一夜をどのと呼んだ。

「初めてお伺いするお名前でござる。やはり柳生さまのお血筋であれば、名人上手と讃えられるお方なのでございましょうな」

「それが、剣術はまったくなされぬ」

「な、なんと」

わざと横川が驚いて見せた。

「それがの、大坂商人の娘に産ませた息子どのらしくての、算盤《そろばん》はできても、剣術はまったくだそうだ」

「算盤でございますか」

横川が興味を示した。

「なにやら領地を見回って、いろいろ考えておられたようだ」

「ほう。いつからこちらに」

「つい先日じゃの。まだ一月《ひとつき》にはならぬと思う」

尋ねた横川に門弟が述べた。

「さあ、息も整うたであろう。もう一手参ろうぞ」

「お願いいたす」

門弟に誘われた横川が立ち向かった。

半刻《はんとき》（約一時間）ほど稽古をして、ようやく横川は解放された。

「……剣術馬鹿どもの相手は疲れるわ」

「まったくだ」

甲賀者三人に与えられた廊下で、横川と山岡がため息を吐きあった。

「で、どうだった」

「妙な男だな」

横川の問いに山岡が告げた。

「商家の出らしいが、今までほったらかしだったそうではないか」

「らしいの。それを急に呼び出した。というのは……」

「大名になったのが原因だろうな」

「勘定方が要りようになったからだろう」

二人が得た情報を交換し合った。

「曾根待ちだな」

横川が道場の出入り口を見た。

屋敷を出てからも一夜は不満であった。

「勝手に連れてきておいて、そっちの言うことはさせ、こっちの願いはあかん。これやから武士は……」

「そなたも武士じゃ」

聞こえるように言っている一夜に、十兵衛が苦笑した。

「父のことだ。抜かりはない。しっかり、そなたの士籍を作っているだろう」

士籍とは武士としての身分を証明するようなものである。ここに名前が載っていれば武士、なければ町民になる。

「もっとも一々、士籍を確認されることなどないがな」

士籍は所属している家の帳面に書かれているかどうかであり、己は武士だという書付などはなかった。

「また知らん間に……」

より一夜が膨れた。

「あともう一つ」

十兵衛が険しい表情になった。

「父に左門のことを訊くな」

「………」

真剣な表情の十兵衛に、一夜は押された。

「江戸を出され、国元に隠棲《いんせい》しているのは、左門を守るためである」

「殿さまのお指示やと」

「いいや、違う。父の指図ならば、あのような屋敷は不要じゃ。あの屋敷は、左門を守るために作られた。金に飽かしてな」

「なるほど」

「口に出すな」

「わかってます」

釘を刺した十兵衛に、一夜が首肯した。

「では、さっさと入れ」

話している間に二人は道場に着いた。

「今日のぶんは、もう終わってる」

一夜が嫌がった。

「師範」

「水之介《みずのすけ》、早かったな」

玄関土間で水之介が待っていた。

「殿さまからのお指図でございまする」

ちらと水之介が一夜に目をやってから、書状を出した。

「父から……」

早速、十兵衛が書状を読み始めた。

「……いたしかたない。修業を禁じたり、否定されたわけではない。とりあえず、一度顔合わせがしたいということのようだ」

読み終えた十兵衛がうなずいた。

「今度はなんでんねん」

十兵衛の話の内容から、己のことだと悟った一夜の腰が引けた。

「父がそなたを江戸へ寄こせと」

「江戸へ……ほなら毎朝の稽古は……」

聞いた一夜が喜色を浮かべた。

「できぬの。吾は道場からまだ離れられぬし」

道場には十兵衛の指導を求めて集まった門弟が多い。いきなりそれを捨てて江戸へ行くわけにはいかなかった。

「なあに、すぐに国元へ帰ってくることになる。さすれば、いくらでもできる」

「げっ」

口をゆがめて笑う十兵衛に、一夜が悲鳴をあげた。

四

曾根はうまく逃げ出したつもりでいた。

「話を……」

身を隠しながらときどき手間をかけて、道場へ戻るより、急いで戻るべきだと考えた曾根は坂道を駆け下った。

「見たか」

「おう」

伊賀者が二人、左門の屋敷の陰から姿を見せた。

「片付けるか」

「今はまずい。道場には、西国の藩士もおる。庄でのもめ事はまずい」

気負う仲間をもう一人が宥《なだ》めた。

「見られたら、そやつごと片付ければすむ」

「柳生へ剣術修業に行くと届け出ているのだぞ」

藩士が国元を離れるときは、その行き先と目的を藩に届けて許可を取らなければならない。

「うるさいことだ。少し前ならば、外様なんぞ気にせずともすんだものを」

気負っている伊賀者が文句を口にした。

「世のなかが変わっているのだ。柳生の殿も惣目付《そうめつけ》でなくなられた。これからはより一層目立たぬようにいたさねばならぬ」

「ちっ」

宥める同僚に、気負っている伊賀者が舌打ちをした。

「逸《はや》るな。どうせ、甲賀の者どもは報告のため柳生の庄を離れる。さすれば……」

「やっていいのだな」

気負っている伊賀者が、口の端をゆがめた。

「とはいえ、二人では手が回らぬか」

柳生の庄にはこの二人しか常駐していなかった。

「心配するな。国境には結界番がいる。逃がすことはないさ」

懸念している同僚に、気負っていた伊賀者が告げた。

「そうか。たしかにどこからも加勢は引き抜けぬ。穴ができては結界が崩れる」

伊賀者が同意した。


「横川、山岡」

道場へ足を踏み入れた曾根が二人のもとへ近づいた。

「どうした」

息を乱している曾根の姿に、横川が疑問を呈した。

「……この上にある屋敷は、柳生左門のものだ」

「あれがか。陣屋よりも立派ではないか」

横川が驚いた。

「なかも凄いぞ。とても二千石や一万石では届くまいと思わせるほどだ」

「ほう、そこまで」

山岡が声を漏らした。

「屋敷が立派だろうが、貧相だろうが、どうでもいい」

小さく横川が首を横に振った。

「いや、それが問題なのだ」

曾根が横川の判断は、早すぎると手で制した。

「どのような問題があると」

横川が質問した。

「あの屋敷には、御座の間がある」

「なんだとっ」

「馬鹿なっ」

曾根の口から出た言葉に、横川と山岡が絶句した。

「まちがいない。奥の部屋が一つ、完全に守られている。床下も天井裏も、封鎖されており、忍でも入りこめぬ」

曾根が確認してきたことを告げた。

将軍や大名は、刺客から身を守るため、床下や天井裏への侵入を警戒している。江戸城のように忍の警固があるところだと、逆に家臣の謀叛《むほん》から将軍の身を守るため、天井裏に伊賀者を忍ばせている場合もある。が、居城を攻め落とされたり、奪われたりして、落ちなければならなくなった将軍を匿《かくま》う場合は、違ってくる。

少ない手勢で抵抗しなければならないうえ、絶対に将軍の命を奪われてはならないため、最初から位置の特定ができないように、奥底へ隠す。

当然、忍対策として床下、天井裏にも侵入除《よ》けを設置した。

「公方さまが上洛《じょうらく》なされるときに、ここへ立ち寄られると」

横川が目を剝いた。

鎌倉《かまくら》にあった源氏《げんじ》幕府が距離を取り過ぎて、天下の事情から遅れたこと、足利《あしかが》幕府が京にあったことで朝廷の政争に巻きこまれたこと、その両方を鑑みて、徳川幕府は江戸に本拠を置きつつも、将軍がたまに上洛し、京の情勢を確認するという形を取った。

ようは近づきすぎて取りこまれるのを避け、遠ざかりすぎて忘れられないようにし、兵を連れて上洛することで、徳川の力を見せつける。

そのために家光《いえみつ》も上洛をしていた。

近年は、将軍上洛となるため、その準備がかなり負担となるため、おこなわれてはいないが、なくなったわけではなかった。

「そのようなまね、加賀守《かがのかみ》さまがお許しになろうはずはない」

幕臣としては端の端に近い甲賀者だとはいえ、そのあたりの機微には気を配っている。

「加賀守さまによって、柳生左門さまは江戸を追われた。その面当てとも取られる柳生家への御成《おなり》など、とんでもないぞ」

横川が顔色を失った。

「このことを知られたら、加賀守さまは……」

「激怒されるぞ」

曾根と山岡も震えた。

男と男の関係は、男と女の繋《つな》がりよりも強いと言われている。これは男女の間に、忠誠心が入りこまないのに対し、男と男の関係の始まりは忠誠心であることが多いからだとされている。とくに主君と家臣の場合、主君に求められたら、家臣としては拒みきれない。

身体の繋がりによる情が湧く前に、精神的な繋がりがある。そこに愛情が加わっていくため、強固な結びつきができやすい。

どのような関係であれ、情が絡めば嫉妬が生まれる。

男でも女でも変わらないが、嫉妬はある。そして、已が閨《ねや》に呼ばれなくなってから、新たに召された者への嫉妬は強い。

純粋に愛情を失ったのではないかという寂しさと、さらに取って代わられるのではないかという恐怖が上乗せされるのだ。

そして、堀田《ほった》加賀守正盛《まさもり》が執政《しっせい》の座に登り、閨へ呼ばれることがなくなってから、家光の寵愛《ちょうあい》を受けた者は、皆、手痛い目に遭っていた。

「いまだ、躬《み》を慕うてくれるとは、愛《う》い奴よな」

なにせ家光が、堀田加賀守の行為を咎めず、許してしまっている。

家光にとって、旗本全部が弟忠長《ただなが》に流れたとき、実利ではなく、愛情と忠誠心で側に居続けてくれた堀田加賀守、松平《まつだいら》伊豆守《いずのかみ》、阿部《あべ》豊後守《ぶんごのかみ》らは、心の支えである。

さすがに新しい寵臣を死なせるようなまねは認めないが、家光から遠ざけようとするくらいならば許してきた。

それに堀田加賀守は甘えてしまった。

「どうする」

山岡が横川の顔を見た。

「我らの役目は、柳生の庄でなにがあったかを秋山修理亮《あきやましゆりのすけ》さまにお報《しら》せすることである」

「伝えるというのだな、屋敷のことも」

横川の意見を山岡が確認した。

「加賀守さまに知られれば……」

曾根が小声で警告した。

「我ら甲賀者は、手足と耳目でしかない。どうなっているかを正確に伝えるのがお役目で、それを受けてどうなさるかは、修理亮さまのご判断じゃ」

「………」

横川の正論に曾根が黙った。

「それに、もし、我らが知っていて報告をあげなかったと、後日知られてみよ。どのような目に遭うか、わかっておるだろう」

旗本や大名は甲賀者も伊賀者も、武士扱いしていない。かろうじて小者《こもの》や中間《ちゆうげん》よりましというていどで、足軽よりも軽く扱われている。その甲賀者が勝手なまねをしたとなれば、容赦ない罰が待っている。

「左門さまがどうなろうとも、甲賀にはかかわりない」

もう一度横川が断じた。

「わかった」

「ああ」

山岡と曾根が納得した。

「だが、どうやって柳生の庄から出る。我らは伊賀者に見張られているぞ」

新たな問題を山岡が提議した。

「見られていた気配はなかったが……」

曾根が首を左右に振った。

「それほど伊賀者は甘くない」

横川が否定した。

「後詰めの二人となんとか連絡を取りたいところだが……」

「田山《たやま》と新藤《しんどう》は甲賀の郷《さと》に入っているのだろう」

「のはずじゃ」

「甲賀の郷に入れば、伊賀者も追っては来まい」

伊賀と甲賀の間には、通過するときに互いに声を掛け合うという不文律のような取り決めがある。無断で侵入して、もめ事の原因を起こしては面倒になる。

「なにより、我らは剣術修業という名目でここにいる。十日もせずに出ていくとなれば、怪しまれるぞ」

三人が苦吟しているとき、道場に柳生十兵衛の大声が響いた。

「大作《だいさく》、武藤《むとう》大作はおるか」

「これに」

木剣を振っていた武藤大作が応じ、柳生十兵衛のもとへと駆け寄った。

「稽古中にすまぬが、一つ頼みたい」

「なんなりと」

柳生十兵衛に言われた武藤大作がうなずいた。

「一夜を江戸まで連れていってくれ。父が会いたいそうだ」

「承りましてございまする」

武藤大作が首肯した。

「用意もある。明日一日余裕を見て、明後日の早朝に庄を発《た》て。伊勢《いせ》街道を下って桑《くわ》名《な》から船で宮《みや》へ渡り、あとは東海道を」

経路を十兵衛が指定した。

「仰せの通りに」

頭《こうべ》を垂れた武藤大作に、すっと十兵衛が近づいた。

「気をつけろ」

「……承知」

忠告を武藤大作が聞いた。

「一夜もわかったな」

「明日一日しかないんかいな。これはきついな。いろいろまとめなあかん」

十兵衛の指図に、一夜が困惑した。

「戻るわ」

さっと踵《きびす》を返して、一夜が道場を出ていった。

「ちいと手を打つか」

一夜は道場前の坂を仮陣屋へ下るのではなく、上がっていった。

その様子を横川たちが窺っていた。

「江戸へ行くのか」

横川が難しい顔をした。

「あやつがいなくなれば、ここに残る意味もないな」

「まさに」

山岡の意見に曾根が同意した。

「出るぞ」

横川が決断した。

「三手に分かれる。吾はあの二人の後を付ける。山岡、おぬしは甲賀の郷へ向かえ。曾根、おまえは一度奈良《なら》へ入り、京を経て江戸へ帰れ」

「よいのか。それでは、横川、おぬしがもっとも危ないぞ」

「それは覚悟のうえよ」

山岡の気配りに横川がうなずいた。

「曾根、おまえにも無理をさせる」

「おぬしの後に目立つように奈良へ向かえばいいのだな」

「いや、それではあざと過ぎる。曾根、おぬしはできるだけ術を駆使して、伊賀者を撒《ま》くつもりでいてくれ」

告げた曾根に横川が首を左右に振った。

「なるほど。そうすることで伊賀者の注意を逆に引くと」

すぐに曾根が理解した。

「山岡、おまえが要だ」

「……わかった」

「なんとしても、甲賀へ入り、田山、新藤に繋ぎを付け、組頭さまに報告してくれ」

横川が頼んだ。

「命に代えても果たす」

「いや、命を長らえて果たしてくれ」

山岡の覚悟に対して、横川がはき違えるなと告げた。

「であったな」

「田山と新藤に連絡を終えたら、郷の者に依頼をしてくれ」

「なにを頼めばいい」

「おぬしが江戸に着き、組頭さまに報告するまで、あの二人の足留めをしてもらいたいと」

「なるほど、組頭さまから修理亮さまに話が通り、どのように対応するかが決まる前に、江戸の柳生屋敷に入られては困るか」

「修理亮さまのご判断次第では……」

「街道筋のほうが、やりやすいしの。江戸に入られてからでは困難になる」

横川が最後まで言わなかったことを、山岡はわかっていた。

「それまで、気づかれぬようにな」

「ああ」

「わかっている」

念を押した横川に、山岡と曾根がうなずいた。


旅立ちの朝、一夜は大きな荷物を背負っていた。

「わたくしがお預かりいたしましょう」

気を遣った武藤大作が、一夜の荷物に手を伸ばした。

「ああ、すんまへん」

「ならぬ」

喜んで荷物を持たせようとした一夜を十兵衛が制した。

「朝の稽古がないのだ。その分、身体を鍛えねばならぬ。己のものは己で持て」

「わいのためのもんやない。柳生の領地について調べた帳面とかや」

警固役の武藤大作の手がふさがることを十兵衛は嫌ったのだが、一夜には嫌がらせにしか聞こえなかったため、反論した。

「それがどうした。そんなに多くしたのは、おまえだろうが。本当に要るものだけに絞れば、もっと減るはずだ。置いていかないのは、江戸で仕事をしようとしているから……国元から逃げ出すつもりでおるのだろう」

とはいえ、狙われているかも知れないと教えれば、一夜は大坂へ逃げ出しかねない。

十兵衛は一夜を叱ることでごまかした。

「………」

しっかりと十兵衛に見抜かれた、一夜が口をつぐんだ。

「大作、父の用がすんだら、首に縄を付けても国元へ連れて帰れ」

「承りました」

十兵衛の命に武藤大作が首肯した。

「では、行け」

「………」

手を振られた一夜が挨拶もせずに歩き出した。

「任せた」

横川が距離を取りながら、二人の後を付けた。

「出たぞ」

伊賀者がその様子を見ていた。

「俺が行く」

気負っていた伊賀者が、名乗りをあげた。

「結界当番も使え。吾は残っている者を見張らねばならぬゆえ、行けぬ」

「わかっている」

同僚の言葉に気負っていた伊賀者が出た。

「頼んだ」

小半刻（約三十分）ほど待って、曾根が反対方向に向かった。

「一人残った……か。よし、あやつをさっさと片付けて戻って来ればいい」

曾根の後を伊賀者が追った。

「すまぬ」

囮《おとり》になった二人に詫《わ》びて、山岡が姿を消した。

小学館文庫
好評既刊

勘定侍 柳生真剣勝負〈一〉
召喚

上田秀人

ISBN978-4-09-406743-9

大坂一と言われる唐物問屋淡海《おうみ》屋の孫・一夜は、突然現れた柳生家の者に御家を救えと、無理やり召し出された。ことは、惣《そう》目《め》付《つけ》の柳生宗矩《むねのり》が老中・堀田加《か》賀守《がのかみ》より伝えられた、四千石の加増にはじまる。本禄と合わせて一万石、晴れて大名となった柳生家。が、大名を監察する惣目付が大名になっては都合が悪い。案の定、宗矩は役目を解かれ、監察される側に立たされてしまう。惣目付時代に買った恨みから、難癖をつけられぬよう宗矩が考えた秘策が一夜だったのだ。しかしなぜ召し出すのが商人なのか？　廻国中の柳生十兵衛も呼び戻されて。風雲急を告げる第一弾！

小学館文庫
好評既刊

浄瑠璃長屋春秋記
照り柿

藤原緋沙子

ISBN978-4-09-406744-6

三年前に失踪した妻・志野を探すため、弟の万之助に家督を譲り、陸奥国平山藩から江戸へ出てきた青柳新八郎。今では浪人となって、独りで住む裏店に『よろず相談承り』の看板をさげ、見過ぎ世過ぎをしている。今日も米櫃《こめびつ》の底に残るわずかな米を見て、溜め息を吐いていると、ガマの油売り・八雲多聞がやって来た。地回りに難癖をつけられていたところを救ってもらった縁で、評判の巫女占い師・おれんの用心棒仕事を紹介するという。なんでも、占いに欠かせぬ亀を盗まれたうえ、脅しの文まで投げ入れられたらしい。悲喜こもごもの人間模様が織りなす、珠玉の第一弾。

小学館文庫
好評既刊

脱藩さむらい

金子成人

ISBN978-4-09-406555-8

香坂又十郎は、石見国、浜岡藩城下に妻の万寿栄と暮らしている。奉行所の町廻り同心頭であり、斬首刑の執行も行っていた。浜岡藩は、海に恵まれた土地である。漁師の勘吉と釣りに出かけた又十郎は、外海の岩場で脇腹に刺し傷のある水主の死体を見つける。浜で検分を行っていると、組目付頭の滝井伝七郎が突然現れ、死体を持ち去ってしまった。義弟の兵藤数馬によると、死んだ水主の正体は公儀の密偵だという。後日、城内に呼ばれた又十郎は、謀反を企んで出奔した藩士を討ち取るよう命じられる。その藩士の名は兵藤数馬であった。大河時代小説シリーズ第一弾！

小学館文庫
好評既刊

付添い屋・六平太 龍の巻 留め女

金子成人

ISBN978-4-09-406057-7

時は江戸・文政年間。秋月六平太は、信州十河藩の供番（籠を守るボディガード）を勤めていたが、十年前、藩の権力抗争に巻き込まれ、お役御免となり浪人となった。いまは裕福な商家の子女の芝居見物や行楽の付添い屋をして糊口をしのぐ日々だ。血のつながらない妹・佐和は、六平太の再士官を夢見て、浅草元鳥越の自宅を守りながら、裁縫仕事で家計を支えている。相惚れで髪結いのおりきが住む音羽と元鳥越を行き来する六平太だが、付添い先で出会う武家の横暴や女を食い物にする悪党は許さない。立身流兵法が一閃、江戸の悪を斬る。時代劇の超大物脚本家、小説デビュー！

小学館文庫
好評既刊

死ぬがよく候〈一〉月

坂岡真

ISBN978-4-09-406644-9

さる由縁《ゆえん》で旅に出た伊坂八郎兵衛は、京の都で命尽きかけていた。「南町の虎」と恐れられた元隠密廻り同心も、さすがに空腹と風雪には耐え切れず、ついに破《や》れ寺《でら》を頼り、草鞋《わらじ》を脱いだ。冷えた粗菜にありついたまではよかったが、胡散臭《うさんくさ》い住職に恩を着せられ、盗まれた本尊を奪い返さねばならぬ羽目に。自棄《やけ》になって島原の廓《くるわ》に繰り出すと、なんと江戸で別れた許嫁《いいなずけ》と瓜二つの、葛葉《くずのは》なる端女郎《はしじょろう》が。一夜の情を交わした翌朝、盗人どもを両断すべく、一条戻橋《いちじょうもどりばし》へ向かった八郎兵衛を待ち受けていたのは……。立身《たつみ》流の秘剣・豪撃《こわうち》が悪党を乱れ斬る、剣豪放浪記第一弾！

小学館文庫
好評既刊

陽だまり翔馬平学記
姫の守り人

早見俊

ISBN978-4-09-406708-8

軍学者の沢村翔馬は、さる事情により、美しい公家の姫・由布《ゆう》を守るべく、日本橋の二階家でともに暮らしている。口うるさい老侍女・お滝も一緒だ。気分転換に歌舞伎を観に行ったある日、翔馬は一瞬の隙をつかれ、由布を何者かに攫《さら》われてしまう。最近、唐土《もろこし》からやって来た清《しん》国人が江戸を荒らしているらしいが、なにか関わりがあるのか？　それとも、以前勃発した百姓一揆で翔馬と敵対、大敗を喫し、恨みを抱く幕府老中・松平信綱の策謀なのか？　信綱の腹臣は、高名な儒学者・林羅山の許《もと》で隣に机を並べていた、好敵手・朽木誠一郎なのだが……。シリーズ第一弾！

小学館文庫
好評既刊

恋する仕立屋

和久田正明

ISBN978-4-09-406695-1

女大家おはんの法華長屋に三人の若者が越してきた。男前の才蔵、浅黒い与市、下がり目の小六、室町一丁目の呉服商京屋専属の仕立屋だ。実はこの三人、大奥年寄今和泉《いまいずみ》と御目付神保《じんぼ》中務《なかつかさ》が世情の安寧を願って江戸に放ったお広敷伊賀者。そして、京屋を買い取った旦那の又兵衛はお広敷番頭《ばんがしら》で、女人に目がないが、酸いも甘いも噛み分けた直心影流の達人だ。その京屋に、妙な男が紛れ込む。前の京屋の五番番頭で三木助というのだが、これがとんでもない男で……。江戸の長屋は恋あり、剣あり、笑いあり！　これぞ著者最高の書き下ろし〝大笑い時代小説〟新シリーズ第1弾。

本書のプロフィール

本書は、小学館のために書き下ろされた作品です。

小学館文庫

勘定侍《かんじょうざむらい》 柳生《やぎゅう》真剣勝負《しんけんしょうぶ》〈一〉
召喚《しょうかん》

著者 上田秀人《うえだひでと》

二〇二〇年二月十一日 初版第一刷発行
二〇二一年二月二日 第三刷発行

発行人 飯田昌宏
発行所 株式会社 小学館
〒一〇一-八〇〇一
東京都千代田区一ツ橋二-三-一
電話 編集〇三-三二三〇-五九五九
販売〇三-五二八一-三五五五
印刷所 ―――― 中央精版印刷株式会社

ISBN978-4-09-406743-9